El libro de las fábulas

El libro de las fábulas

Adaptación de
Concha Cardeñoso Sáenz de Miera

Ilustraciones de
Emilio Urberuaga

Casp, 79 - 08013 Barcelona
Tel.: 902 107 007
www.combeleditorial.com

Diseño gráfico: Pepa Estrada
Coordinación editorial: Jordi Martín Lloret

Primera edición: febrero de 2010

ISBN: 978-84-9825-499-0
Depósito legal: B-6560-2010
Printed in Spain
Impreso en Índice, S.L.
Fluvià, 81-87 - 08019 Barcelona

Índice

Prólogo

Una fábula es una narración de hechos extraordinarios protagonizados por animales y, en ocasiones, por objetos inanimados, desde cualquier herramienta hasta el Sol y la Luna, que actúan, se comportan y hablan como si fueran seres racionales, es decir, personas. Estas narraciones tienen casi siempre una intención moral y contienen una enseñanza provechosa. Desde siempre, las fábulas han sido una forma muy clara, eficaz y, al mismo tiempo, y en determinadas situaciones, poco comprometida, de poner en evidencia los defectos y los vicios de las personas, de ridiculizarlos y, por tanto, contribuir a su enmienda.

Las fábulas forman uno de los géneros literarios más antiguos que existen. En algunos momentos de la historia, el origen de la fábula se ha atribuido a la India, que posee una literatura antigua inmensamente rica, pero la verdad es que la recopilación de fábulas de dicha procedencia, el célebre *Panchatantra*, pertenece al siglo II o III después de Jesucristo. Son, pues, mucho más antiguas las fábulas atribuidas a Esopo, un narrador griego que se dice que vivió durante el siglo VI antes de Jesucristo. Las fábulas de Esopo, algunas de las cuales coinciden con las de otras recopilaciones, como la del *Panchatantra,* tuvieron una gran difusión en el mundo antiguo, y un escritor romano llamado Fedro contribuyó a ello con una versión en latín. Otra colección de fábulas que tuvo una gran influencia es la que se conoce con el título de *Calila y Dimna*, de origen indio, que durante la Edad Media llegó a Europa a través de una versión árabe, traducida a muchas lenguas románicas. También cabe destacar *El libro de las bestias* (una parte del *Libro de las maravillas*), del escritor mallorquín Ramón Llull (siglo XIII), e inspirado, en parte, en *Calila y Dimna*. Más modernamente, es obligado hablar del escritor francés Jean de la Fontaine (siglo XVII), quien recreó, en verso y con una gran voluntad de estilo, un gran número de estas fábulas clásicas. Su libro se considera una de las obras maestras de la literatura francesa de todos los tiempos.

Con el título de *El libro de las fábulas*, ofrecemos hoy al público lector actual, en especial a los jóvenes lectores, una colección de sesenta y cuatro fábulas tradicionales, que hemos seleccionado meticulosamente atendiendo sobre todo a aquellas que tienen un interés narrativo más vivo y más sugestivo, más capaz de mantener el interés de la lectura. Por ello, hemos prescindido de las que puede decirse que se reducían a un simple apólogo moralizante. Nuestra recopilación incluye algunas de las fábulas más divulgadas, como «El cuervo y la zorra», «La liebre y la tortuga» o «El lobo y la cigüeña», que creemos que son imprescindibles. Nuestras fuentes son las que ya hemos citado: Esopo, Fedro, Ramón Llull y La Fontaine, esto es, la gran tradición europea; pero hemos incorporado también algunos relatos procedentes de otras culturas, que ofrecen igualmente muestras muy interesantes de narraciones protagonizadas por animales, como por ejemplo «El mono y el cocodrilo».

Aunque también se han escrito fábulas con personas como protagonistas, en nuestra recopilación hemos prescindido de ellas, de modo que los animales son los personajes exclusivos de los relatos que hemos reunido en este volumen. Es fácil advertir que hay algunos animales que intervienen con mayor frecuencia en estas fábulas, como la zorra (en primer lugar), el lobo, el asno, la liebre, la rata, el gallo y la mona. Las características de estos animales, su manera de ser, su papel en la imaginación popular, los convierten, inevitablemente, en los protagonistas de una serie de situaciones muy variopintas.

Nuestras adaptaciones son libres y originales, y al mismo tiempo pretenden ser fieles al relato tradicional. Las versiones primitivas de algunas de ellas son brevísimas, casi esqueléticas, como si sólo importase divulgar la lección moral que se infiere.

Otras, en cambio, como las del francés La Fontaine, son auténticas obras literarias. Nosotros hemos querido, muy especialmente, servir y poner de relieve el interés narrativo. Y hemos procurado hacerlo con un lenguaje sencillo y asequible, pero que mantuviese en todo momento un mínimo de dignidad literaria, y que no dejase de ser un reflejo de las características y de la riqueza expresiva de nuestra lengua. Por todo ello, esperamos que sean una lectura agradable y amena para todos.

Albert Jané

El *perro* y el *lobo*

Aquel invierno fue lo que se dice riguroso, frío y crudo a más no poder, y el pobre lobo no logró saciar el hambre ni una sola vez. Tanto es así, que había pasado muchos días sin probar bocado, porque no había encontrado ni un conejo ni una liebre, ni una ardilla ni un mísero lirón careto, y todos los rebaños de ovejas estaban bien encerrados y guardados en la majada. Total, que se quedó en los huesos y a duras penas se tenía en pie.

Un día, por ver si mejoraba su suerte, se atrevió a acercarse a un caserío de la montaña y, de camino, vio pasar a un perro grande que iba husmeando todos los rincones y hurgando entre los zarzales. «¡Con qué gusto me lo comería!», pensó el lobo, pero, para eso, antes tendría que luchar y no estaba en condiciones. Y es que el perro era muy corpulento y vigoroso, un auténtico mastín de pecho ancho y fuerte y patas gruesas..., ¡y se le adivinaban unos caninos de miedo! Mientras que él, después de un ayuno tan prolongado, no tenía, ni muchísimo menos, la fuerza y la energía necesarias para enfrentarse a tan temible enemigo. Así pues, prefirió trabar una conversación pacífica y civilizada y, acercándose al perro con una carita de ángel que era para comérselo, muy amablemente vino a decirle:

–¡Buenos días, querido primo! Te encuentro la mar de bien. ¡Qué hermoso y lustroso estás! Señal de que te vienen bien dadas y no te falta de comer. En cambio yo, ya lo ves: por la pinta se conoce que llevo muchos días sin probar bocado. Si no es mucho pedir, te agradecería que me contases cómo lo haces, a ver si puedo hacer lo mismo yo y salgo del triste aprieto en el que me encuentro.

Al perro, que era un buenazo, lo halagaron mucho las amables palabras del pobre lobo, y le dijo:

–Pues, mira, si quieres, comer hasta hartarte haciendo lo mismo que yo no es tan difícil como parece; al contrario, es lo más fácil del mundo. Olvídate de esa vida de perdición que llevas en el bosque y la montaña y ven al pueblo; no será difícil encontrar un buen amo que quiera llevarte a su casa. Te dará un buen lecho de paja y todas las sobras de la mesa y dejarás de andar por ahí muerto de hambre.

Al lobo se le hacía la boca agua.

–¿Y qué tendría que hacer yo a cambio? –preguntó–. Porque, según tengo entendido, nadie da nada por nada.

–¡Bah! En resumidas cuentas, poca cosa –respondió el perro–: guardar la casa y, cuando algún mendigo o vagabundo se acerque demasiado, espantarlo enseñando los dientes. Y, si hay niños pequeños en la familia, dejar que te acaricien el lomo, que te hagan cosquillas en la coronilla o que te tiren un poco de las orejas. Además, en ese caso, te caen las mejores tajadas y gozas de unos privilegios que ni te lo imaginas.

El lobo no necesitaba saber más. Nunca se le había ocurrido que algunos animales pudiesen llevar una vida tan regalada. ¡De haberlo sabido antes...! Tan halagüeña perspectiva terminó de convencerlo y echó a andar al lado del perro en dirección al pueblo más cercano, a ver si encontraba quien lo quisiera para guardar su casa. Pero entonces se fijó en que el perro, a pesar de su lustroso pelaje, tenía en el pescuezo una franja toda pelada.

–¿Qué te ha pasado ahí, en el pescuezo? –le preguntó, muy intrigado.

–¡Eso no es nada! –dijo el perro sin darle importancia.

–¿Cómo que nada? –insistió el lobo.

–¡Te digo que no es nada!

–Algo ha de ser –repitió el lobo.

–Pues, resulta que por la noche tienen la costumbre de ponerme un collar y atarme con una cadena, para que no me mueva ni me vaya a dar una vuelta –explicó el perro, como si fuese lo más natural del mundo.

–¿Que te ponen un collar y te atan con una cadena? –dijo el lobo, girando al punto sobre sus talones–. Eso sí que no me lo esperaba. Oye, mira, los collares y las cadenas no me convencen, conque yo me vuelvo al bosque, a lo alto de la montaña. Prefiero vivir libre y hambriento que atado y harto.

El cuervo y la zorra

Un cuervo de negro y lustroso plumaje, como todos los cuervos, se había encontrado –a saber en qué lugar– un gran trozo de queso de Holanda; se lo llevó a la rama más alta de un árbol, donde nadie pudiese molestarlo, y se dispuso a dar buena cuenta de él.

El queso despedía un olor exquisito y atrajo a la señora zorra, que tenía el olfato muy fino y siempre estaba pendiente de aprovechar cualquier ocasión. Se acercó al pie del árbol en el que estaba el cuervo, todavía con el queso en el pico, y, con la voz más dulce que pudo, le dirigió las siguientes palabras:

–¡Buenos días, ilustre señor cuervo! ¡Da gusto veros, de lo apuesto que sois! Parecéis el mismísimo hijo del rey. No hay pájaro que os iguale, con esas plumas tan negras, tan finas y resplandecientes. Os lo digo con toda sinceridad. Y aún os digo más: si vuestra voz es tan refinada y elegante como vuestro plumaje, os aseguro que ni el ave del paraíso podría compararse con vos.

Al oír los halagos que le hacía la zorra, el cuervo se puso más hueco que otro poco y, para demostrar que, en efecto, su voz hacía honor a la hermosura de su plumaje, el muy incauto abrió el pico y, naturalmente, el trozo de queso se le cayó. La zorra, que no esperaba otra cosa, dio un salto y lo atrapó en el aire.

–Querido amigo –le dijo al cuervo, para rematar–, habéis de saber que los aduladores viven a costa de quienes se ufanan con los elogios. Creo que tan buena lección bien vale este trozo de queso.

El cuervo se quedó con un palmo de narices y, aunque para el queso ya era un poco tarde, avergonzado, se prometió no volver a caer nunca más en una trampa semejante.

La liebre y la tortuga

He aquí una gran verdad: ser tan veloz como el viento no lo es todo. Para llegar a tiempo, es necesario, además, no entretenerse por el camino, como veremos en la siguiente historia de la liebre y la tortuga.

Un buen día, la tortuga le dijo a la liebre:

–Oye, ¿apostamos a ver cuál de las dos llega antes a la fuente del Diablo?

Al oírlo, la liebre se echó reír a carcajada limpia.

–¡Ésta sí que es buena! –exclamó, muerta de risa–. ¡Qué cosas se te ocurren! Eres más lenta que un caracol, ¿y te crees que puedes ganarme a las carreras? ¡Tú estás mal de la chaveta!

–Di lo que quieras, pero ¿apostamos o no? –replicó la tortuga, muy segura y convencida.

La liebre, al verla tan empecinada, pensó en darle una lección y aceptó la apuesta: la que llegase primero a la fuente del Diablo sería proclamada campeona de velocidad de toda la comarca.

Al parecer, fue un gallo que paseaba por los alrededores quien, con un quiquiriquí muy sonoro, como los que soltaba al despuntar el día, dio la salida a las contrincantes y, así, comenzó la carrera hasta la fuente del Diablo.

La verdad es que la liebre, con cuatro saltos de los que daba cuando la perseguían los galgos, podía llegar la primera a la meta sin ningún problema, aunque, si lo hubiese hecho así, el concurso no habría tenido emoción. Sin embargo, como no vio necesidad de apresurarse, antes de echar a correr, se detuvo a almorzar en un prado de hierba tierna y jugosa que había por allí. Tan pronto como se hubo llenado la tripa con el delicioso manjar, le entró un sueñecito muy dulce y se puso a echar la siesta tan ricamente. «Luego, cuando me despierte», se dijo, «me dará tiempo de sobra a alcanzar a la tortuga y la adelantaré antes de que ella aviste siquiera la fuente del Diablo.»

La tortuga, por su parte, sin perder un momento, echó a andar poco a poco, a su paso lento y pesado, una patita tras otra, sin detenerse a descansar ni a recuperar el aliento. Sudaba lo suyo, desde luego, pero no aminoró la marcha.

Entretanto, la liebre, después de la siestecilla, corta pero reparadora, se entretuvo escuchando los cuchicheos de las urracas y las abubillas. ¡Contaban cada cosa! Total, que, como era una guasona (le venía de familia), se divirtió de lo lindo. Al cabo de un rato pensó, y con razón, que su contrincante debía de estar a punto de llegar a la meta. Y entonces sí que salió disparada como una flecha, dispuesta a recuperar el tiempo perdido tan imprudentemente.

De todas maneras, por más que se esforzó, ya no pudo hacer nada, porque, mientras ella, la velocísima, se dedicaba a comer, a dormir y a rascarse la tripa, la tortuga, con su famosa lentitud, le había sacado una ventaja tan grande que consiguió llegar la primera a la fuente y ganó la apuesta, aunque, eso sí, por los pelos y sudando a mares. ¡Quién lo habría dicho! Pero así fue como sucedió y la liebre, que ya tiene de por sí un buen palmo de orejas, en aquella ocasión se quedó además con un buen palmo de narices.

Por eso se dice que las cosas deben hacerse sin prisa, pero si pausa.

Las dos ratas y el mono

Érase una vez una pareja de ratas que andaba correteando por una despensa en busca de algo que comer, pero todo estaba en tarros perfectamente tapados o colgado de las vigas del techo, es decir, en sitios inalcanzables.

Al cabo de un rato, se subieron a un estante, encontraron un queso y se les ocurrió que podían llevárselo a su ratonera para comérselo tranquilamente. Pero con las prisas, se les cayó el queso al suelo y se partió en dos trozos, uno grande y otro pequeño.

A continuación, sucedió lo que era de esperar: que se pusieron a discutir porque las dos querían llevarse el trozo grande y ninguna el pequeño.

–¡Yo lo vi primero! –decía la una.

–¡Pero yo lo olí antes que tú! –contestaba la otra.

Y, como no se ponían de acuerdo, se fueron a buscar a alguien que quisiera hacer de juez y resolviese la peliaguda querella.

Se encontraron con un mono que rondaba por el jardín de la casa y, como les pareció que sería el juez más adecuado, le contaron el caso con pelos y señales para que, aplicando su buen criterio, tomase una decisión.

El mono, que era más listo que el hambre, escuchó

atentamente los argumentos que le dio cada rata por su lado, hecho lo cual, anunció que el caso no era nada fácil de resolver, pues, bien mirado, las dos tenían muy buenas razones para reclamar el trozo grande.

–La única solución –sentenció– es igualar los dos trozos de queso y, de ese modo, ninguna de las dos saldrá perdiendo. Si queréis, yo mismo puedo haceros el favor.

Las ratas aceptaron la propuesta, el mono cogió el trozo grande de queso y, con el fin de igualarlo al pequeño, le dio un mordisco. Lamentablemente, no calculó bien, el trozo grande quedó más pequeño que el otro y, de resultas, ninguna de las ratas lo quería ya.

–¡Eso se arregla en un pispás! –dijo el mono–. Voy a intentarlo otra vez y ya veréis como dejo los dos trozos igualitos.

Sin embargo, volvió a morder más de la cuenta, porque, claro, no era nada fácil hacerlo así, a ojo (o a diente) de buen cubero. Total, que el trozo grande volvió a quedar más pequeño que el otro y ninguna de las dos ratas lo quería.

–No os preocupéis, que a la tercera va la vencida –les dijo para tranquilizarlas.

El mono sólo quería resolver el problema a las ratas y, solícita y amablemente, lo intentó por tercera vez..., y unas cuantas más, pero siempre mordía más de la cuenta y no conseguía igualar los dos trozos, hasta que, finalmente, el queso se terminó.

Cuando las ratas se dieron cuenta de que el mono se lo había comido todo, se enfadaron muchísimo y lo insultaron:

–¡Ladrón, más que ladrón!

–¡Mal amigo!

–¡Zampabollos!

–¡Caradura!

Era inútil, porque ya no podrían probar ni un mordisquito de queso, aunque, bien mirado, habían recibido a cambio una lección muy provechosa.

El papagayo y el simio

Había una vez un papagayo que se posó en la rama de un árbol y, justo al pie, vio a un simio que había colocado un haz de leña encima de una luciérnaga. El simio, en su ignorancia, pensó que la luciérnaga era una brasa y se puso a soplar, a ver si la leña prendía y podía calentarse.

El papagayo, desde lo alto de la rama, entendió lo que pretendía el simio y quiso sacarlo de su error.

–¡Que eso no es una brasa! ¡Que es una luciérnaga! ¡Así no conseguirás encender la leña, amigo! –se desgañitaba el buen papagayo.

En éstas, acertó a pasar por allí un cuervo y, al ver lo que sucedía, dijo al papagayo que se estaba esforzando en balde, que el simio era corto de entendederas y que no conseguiría nada.

–¿No te das cuenta de que no ve más allá de sus narices? –dijo el cuervo al papagayo.

Sin embargo, el papagayo también era un cabezota y no renunció a hacer entender al simio que, con una luciérnaga, jamás prendería fuego a nada.

–¿Cómo hay que decirte las cosas? Eso no es más que una luciérnaga, hombre; alumbra un poco, pero no arde –insistía tozudamente.

Con muy buena intención, el cuervo le repitió una vez más que era inútil querer arreglar lo que no tenía arreglo.

El simio, convencido de que la luciérnaga era una brasa, seguía soplando para prender la leña. Por último, el papagayo bajó del árbol dispuesto a explicarle más claramente lo que pasaba, a ver si lo entendía de una vez.

Pero ¡ay! Se acercó tanto, que el simio lo mató de un manotazo y se quedó tan campante.

Quien no abre los ojos a la realidad, no sólo fracasa en sus propósitos, como el simio, sino que a menudo lo paga muy caro, como el papagayo.

La liebre y el león

Una vez, en un país muy lejano, todos los animales se pusieron de acuerdo en entregar cada día un animal al león, para que éste no tuviese que salir de caza y dejara de perseguirlos; de esa forma, vivirían tranquilos y pastarían en paz.

Así pues, todos los días echaban a suertes a quién le tocaría ser la comida del león.

Un buen día, la suerte recayó en una liebre, pero el pobre animalillo, como tenía mucho miedo a la muerte, no fue a ver al león hasta el mediodía.

El león tenía un hambre feroz y se enfadó mucho por el retraso, conque, al llegar la liebre, hecho un basilisco, le preguntó por el motivo de la tardanza, a lo que la liebre respondió con las siguientes palabras (o casi):

–Es que, verás lo que me ha pasado: cuando venía hacia aquí, me encontré con otro león; dijo que el rey de esta comarca era él, no me dejaba pasar y estuvo en un tris de pillarme. ¡No te imaginas lo que me ha costado darle esquinazo para poder llegar! Y por eso he tardado tanto, ¿sabes?

¡Qué berrinche agarró el león al oír semejante cuento chino! Porque se lo creyó a pie juntillas, sin sospechar ni remotamente que la liebre se lo acababa de inventar. Enseguida le pidió –bueno, le mandó– que le enseñase dónde estaba ese león tan osado que decía ser el rey del lugar.

La liebre echó a andar resueltamente delante del león y éste la siguió sin perderla de vista, hasta que llegaron a un paraje en el que había una poza muy grande y muy honda, con las paredes completamente verticales y lisas. Se asomaron a la boca de la poza y, lógicamente, la silueta de ambos se reflejó al punto en la superficie del agua.

–¿Lo ves, mi señor? –dijo la liebre–. ¿No ves a ese león, ahí, en el agua, que se quiere comer a la liebre?

El león creyó que su reflejo del agua era verdaderamente otro león –y el de la liebre, otra liebre–, conque, muy decidido, allá que se tiró a luchar contra el intruso. Pero las paredes de la poza eran tan lisas y verticales que no pudo volver a salir y murió ahogado, mientras que la liebre, gracias a su astucia, salvó el pellejo.

El ratón de ciudad y el ratón de campo

Hace mucho tiempo, un ratón que vivía en una casa de ciudad invitó a cenar a otro ratón, amigo suyo, que vivía en el campo.

–¡Verás qué atracón nos damos! –dijo el ratón de ciudad a su compañero.

Y, en efecto, se instalaron los dos muy cómodamente en un rincón de la despensa, cerca de una espléndida fuente llena de comida, con de todo: queso, jamón, tocino, morcillas, salchichas, longanizas, galletas, bizcochos, magdalenas..., en fin, de todo. Mientras se ponían las botas, iban comentando lo agradable que resultaba vivir en una casa de ciudad, con una despensa tan bien provista.

De repente, cuando todavía no habían terminado de ponerse como el Quico, oyeron un ruido inquietante: eran los pasos de alguien que se acercaba.

–¡Ven, corre! ¡Rápido, vamos a escondernos! –susurró bajito el ratón de ciudad.

Y, sin esperar respuesta, se escondió a toda prisa en un agujero de una esquina. Naturalmente, el ratón de campo lo siguió sin decir una palabra, temblando como una vara verde cuando sopla el viento marinero.

Se quedaron los dos agazapados en el agujero, con el

alma en vilo, sin abrir la boca ni mover un pelo del bigote, hasta que por fin, después de un rato larguísimo que no se acababa nunca, oyeron alejarse los pasos otra vez y todo quedó en silencio.

–Ya ha pasado el peligro –dijo entonces el ratón de ciudad a su amigo–, podemos seguir poniéndonos morados tranquilamente.

–Gracias, querido amigo –contestó el ratón de campo–, pero no me gusta esta manera de comer, no me aprovecha nada. Soy yo quien te invita de todo corazón a venir a mi casa un día, cuando te apetezca. No encontrarás en mi mesa manjares tan exquisitos como los que me has ofrecido tú, sino alimentos sencillos como el pan de cada día, pero podremos comer tranquilamente, sin que venga nadie a molestarnos y sin tener que correr a escondernos. Este lujo aliñado con miedo me parece a mí muy indigesto.

Verdaderamente, más vale privarse de un lujo que, por permitírselo, llevarse un disgusto.

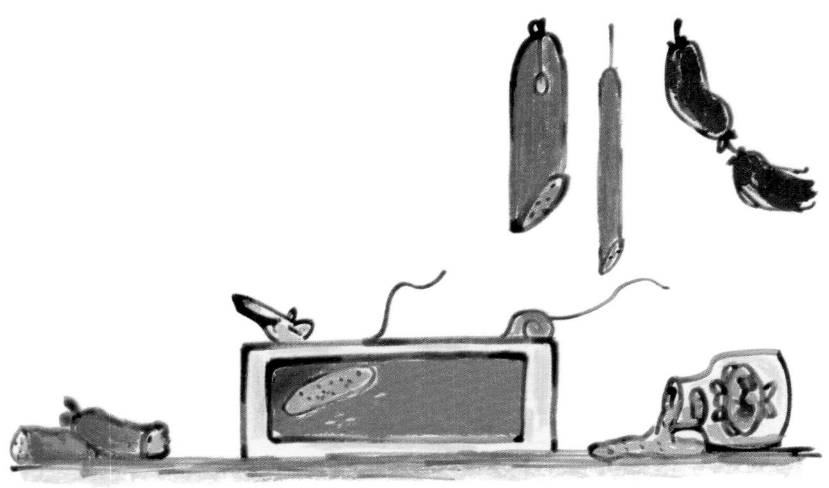

El león y la raposa

Érase una vez un león que empezaba a hacerse viejo y, claro, cuando el hambre apretaba y tenía que correr detrás de las presas, cada vez se cansaba más. Dicho con otras palabras, estaba harto de tener que echar los bofes para poder comer. Y piensa que pensarás, se le ocurrió fingir que estaba enfermo, postrado en la cama y sin poder moverse de su cueva. Hizo correr la noticia pensando que, por ser el rey de los animales, acudirían todos a visitarle.

Ya se sabe que visitar a los enfermos es una buena costumbre y se practica en todas partes. De esa forma, no tendría que hacer ningún esfuerzo, porque la comida vendría a él en forma de animalillos que, con toda su buena fe, irían a visitarlo a la cueva.

Cuando le tocó el turno a la zorra –la comadre raposa, como la llamaban por aquellos pagos–, en vez de acercarse a la cueva del rey de los animales, se quedó a una distancia prudencial y desde allí se interesó muy solícitamente por la salud del noble león. Le hizo mil preguntas sobre qué le dolía, si le costaba respirar, si tenía mucha fiebre…, pero, de acercarse a la boca de la cueva, ni hablar.

Entonces, el león, al ver que la raposa no daba un paso más, le preguntó directamente:

–¡Caramba, amiga zorra! ¿Cómo es que no te acercas? Ven, no tengas miedo; acércate como los demás, siéntate aquí a mi lado y hazme compañía un ratito. ¡Anda, ven, charlemos de todo un poco!

–Es que, señor rey –respondió ella con mucha educación–, desde este sitio en el que estoy, veo muchas huellas de animales que han entrado de visita a vuestra cueva. Sí, sí, veo perfectamente todas las huellas de los que han entrado, pero ni una sola de alguien que haya logrado salir con vida.

Los dos asnos

Iban dos asnos pasito a paso por el camino, cada uno con su arriero al lado, porque ambos llevaban las albardas a rebosar. El que marchaba delante llevaba una carga de chatarra y trastos viejos que no valía gran cosa, mientras que la del segundo era de un valor incalculable: dos sacas llenas de monedas de oro y plata.

Marchaba este último muy ufano, orgulloso de que le hubiesen confiado el transporte de un gran tesoro. Aunque le pesaba mucho y sudaba por todos los poros, le parecía tan importante acarrear un bien tan precioso y estimado, que no paraba de presumir y de hacerse el superior con su compañero.

–Todavía hay clases –le decía con mucho engreimiento–. Ya lo ves, tarde o temprano, siempre llega el momento en que le reconocen a uno los méritos, incluso a nosotros, los asnos. Porque no se puede comparar que te endilguen un serón de material de desecho sin valor alguno con que te confíen una carga como la mía, que es un verdadero tesoro, una cosa que todo el mundo desea y aprecia. ¡Hay una diferencia como del agua al vino!

–Por mí, como si dices misa –murmuraba el otro asno sin darse por aludido.

Estaría pensando que a su compañero no iba a valerle de nada tirar por un tesoro, que por eso no iban a darle ni un puñado más de cebada, cuando llegasen al establo.

Y en éstas estaban cuando, de repente, les salió al paso una banda de asaltadores, que, con malas intenciones y armados hasta los dientes, los esperaban emboscados en un recodo del camino. Los arrieros, sin pensar en otra cosa que salvar el pellejo, saltaron al terraplén y echaron a correr cuesta abajo sin mirar atrás. Los asnos, guiados por el instinto, también quisieron huir, pero los bandidos corrían mucho y los atraparon enseguida. No tardaron en darse cuenta de que la carga de uno de ellos no tenía valor, conque lo dejaron marchar y fueron por el otro, el que llevaba las sacas llenas de preciosas monedas de oro y plata. El muy infeliz quería escapar a toda costa, pero los ladrones le dieron tal paliza que el pobre quedó baldado y apenas se tenía en pie.

¡Y menos mal que no lo despellejaron allí mismo! Cuando se hubo recuperado, cosa que le costó bastante, todavía hizo algunos viajes con las alforjas llenas, pero nunca más volvió a presumir del valor de lo que acarreaba, por rico y precioso que fuese.

El águila y el búho

Parece ser que un día el águila y el búho hicieron un pacto formal de amistad, convivencia y respeto mutuo. Ambos tenían polluelos en el nido y se preocupaban por ellos noche y día. Es bien sabido que tanto el águila como el búho son aves rapaces y se alimentan de los animalitos que atrapan, por eso se pasan la vida cazando; el águila, de día, naturalmente, y el búho, de noche, cuando oscurece. Pues bien, aquel pacto solemne debía servir para proteger a los unos y a los otros.

En realidad, quien más temía por la vida de los suyos era el búho, y el águila, dispuesta a cumplir cabalmente con las cláusulas del pacto, juró que, a partir de ese momento, respetaría la nidada de su amigo como si fuera sagrada.

–¿Y cómo sabré, hermano búho –preguntó el águila–, quiénes son tus hijos? ¿Cómo puedo reconocerlos?

–Es lo más fácil del mundo –contestó el búho–. Son lo más vivaracho y despierto que puedas imaginarte. Ya verás cómo los distingues enseguida por lo listos y espabilados que son. No puedes equivocarte.

Al cabo de unos cuantos días, el águila, buscando alimento, como siempre, descubrió el nido del búho en una cavidad, en lo alto del tronco de un roble altísimo que se alzaba en medio del bosque. Dentro del nido estaban todos los polluelos, que aún no sabían volar. El águila los observó atentamente y enseguida advirtió que parecían auténticos búhos, amodorrados y embobados como estaban, sin la menor chispa de vivacidad. No podían ser los hijos de su amigo, porque, según su descripción, eran muy espabilados. Así pues, sin pensárselo dos veces y sin ningún remordimiento de conciencia, se los merendó en un periquete con sus poderosas garras y su temible pico.

Cuando el infeliz búho volvió al nido del roble, no encontró más que unas cuantas plumas manchadas de sangre. Inmediatamente supo que el autor de ese acto tan cruel y sanguinario había sido el águila. Indignado a más no poder, salió volando en su busca y, con palabras cargadas de hiel y amargura, le reprochó su deslealtad y su traición.

–¿No te da vergüenza lo que has hecho, pájaro de mala sangre?

–¡Cómo iba yo a saber que aquellos polluelos eran los tuyos! –contestó el águila–. Tú me habías dicho que eran muy vivarachos, que los distinguiría por lo listos y espabilados que eran, pero aquéllos parecían tan mustios y atontados que casi daban pena. Si me hubieses dicho la verdad, sin dejarte deslumbrar y hasta cegar por el amor que les tenías, aún estarían vivos. ¡A ver si aprendes, para otra vez!

Las dos ranas

Aquel año, el verano fue tan caluroso que casi seca por completo una charca en la que vivían dos ranas. Con tan persistente sequía, los dos animalillos, que estaban acostumbrados a vivir todo el año en remojo, practicando la natación como campeones olímpicos, las estaban pasando canutas y no dejaban de lloriquear y lamentarse:

–¡No podemos nadar ni bucear!

–Se nos va a agrietar la piel.

–Vamos a morir de sed.

–¡De sed y de calor!

Total, que decidieron cambiar de casa y, con muchas esperanzas, partieron en busca de un lugar mejor, más adecuado a sus costumbres y necesidades, es decir, un lugar en el que hubiese más agua que en su charca.

Después de dar muchas vueltas de aquí para allá, encontraron lo que buscaban en un rincón de un huerto, al pie de un nogal muy alto que daba una sombra magnífica: se trataba de un pozo muy hondo y prácticamente lleno de agua hasta el borde.

–Este sitio sí que es bueno –dijo una de las ranas–. Aquí no pasaremos sed e incluso diría que nos encontraremos como rana en el agua.

–Es verdad, tienes toda la razón, aquí no nos faltará agua –replicó la otra rana, que se parecía mucho a la primera, pero tenía dos dedos más de frente y solía pensar un poco antes de hacer las cosas–. Pero, dime una cosa, amiga mía: aunque ahora el pozo esté tan lleno, ¿qué pasaría, si bajase el nivel? ¿Cómo saldríamos de ahí dentro?

Por suerte, se dieron cuenta a tiempo del disparate que iban a cometer y, sin más discusión, volvieron por donde habían venido a su domicilio familiar, la charca que el calor había secado casi por completo, a esperar pacientemente la llegada de las lluvias otoñales.

El gallo y la zorra

Había una vez un gallo que estaba picoteando el suelo con gran ahínco al pie de una encina muy alta. Debía de andar buscando una lombriz de tierra o algún grano de cebada o de maíz, y daba unos picotazos tan fuertes que le ondeaba la cresta como una bandera roja.

De repente, divisó una zorra que salía del bosque y se acercaba a buen paso y, puesto que sabía perfectamente cómo las gastan las raposas, sin pérdida de tiempo abrió las alas y en un par de vuelos breves, pero certeros, se plantó en una rama alta de la encina.

La zorra, que no había desayunado, se detuvo bajo el árbol y le dijo al gallo, más o menos, lo siguiente:

–¡Muy buenos días tengas, amigo gallo! ¡Cuánto lamento haberte molestado con mi presencia! No me he acercado con malas intenciones, pero tú te has encaramado ahí arriba nada más verme. No será porque te doy miedo, ¿verdad?

–Pues, mira, sí, me das mucho miedo –confesó el gallo–, y por eso he subido aquí.

–¡Qué cosas tienes, amigo mío! –dijo la zorra, con la voz más aterciopelada que pudo–. ¿Cómo puedes decir eso? ¿Acaso no conoces la nueva ley que han aprobado? Dice que todos los animales somos hermanos y debemos amarnos y respetarnos los unos a los otros. ¡Anda, hombre! ¡No tengas miedo y baja del árbol! Vamos a dar un paseo por los senderos de los sembrados. Corre una brisilla suave y ligera que da gusto.

–¡Ni hablar! –respondió el gallo sin moverse de la rama–. Te conozco muy bien y sé las intenciones que tienes. Eres más lista que el hambre, lo dice todo el mundo, pero a mí no me engañas.

La malvada zorra, que no pensaba en otra cosa que en zamparse un buen almuerzo, iba a insistir hasta convencer al gallo de sus buenas intenciones, pero, en ese mismo momento, vio acercarse por el camino de la era a un perro muy grande, un mastín de pecho ancho, patas robustas y colmillos afiladísimos, de ésos que plantan cara al lobo en caso de necesidad. Inmediatamente, la zorra decidió emprender la huida hacia el bosque antes de que el animal se acercase demasiado.

–¿Por qué te vas? –preguntó el gallo, sin moverse de lo alto del árbol–. Ahora no irás a decirme que tienes miedo de ese perro que viene hacia aquí, ¿verdad? ¿No sabes que hay una ley nueva, según la cual todos los animales somos hermanos y debemos amarnos los unos a los otros?

–Yo sí que lo sé, pero ese perrazo es tan ignorante como tú y seguro que aún no le ha llegado la noticia –contestó la zorra a toda prisa.

Y, sin más dilación, desapareció entre las zarzas del bosque.

El loro y la mona

Había una vez unos señores muy acaudalados y bien relacionados que tenían un loro, el cual había aprendido a decir:

–¡Qué velada tan agradable!

Pues, bien, esos señores solían invitar a cenar o a tomar café a sus amigos y organizaban tertulias muy animadas. Algunos de sus convidados habituales eran las personas más importantes y distinguidas de la ciudad. Huelga decir que los trataban principescamente, pues les ofrecían los manjares más exquisitos y la cocina más refinada, todo generosamente regado con vinos de las mejores cosechas. Como era de esperar, a menudo terminaban con bastante juerga y mucho jolgorio. Total, que se lo pasaban en grande.

Hacia el final de la fiesta, cuando los invitados estaban a punto de marcharse, los amos de la casa les enseñaban el loro y le hacían hablar. El animal no se hacía de rogar.

–¡Qué velada tan agradable, qué velada tan agradable! –decía invariablemente.

Y así, los invitados se despedían rendidos de admiración, deshaciéndose en elogios sobre la inteligencia y el discernimiento del lorito parlanchín.

Pero, un día el loro se quedó solo en casa con una mona muy lista y vivaracha que los señores habían comprado hacía poco. Al principio, se miraron los dos detenidamente, como estudiando la manera de conocerse y de averiguar en primer lugar de qué pie cojeaba el otro. De pronto, la mona se acordó de que esa misma mañana había visto a la cocinera desplumando un pollo en la cocina. Es bien sabido que las monas tienen un sentido de la imitación muy desarrollado; pues, bien, ésta, obedeciendo sin duda a su instinto, agarró bruscamente al desprevenido loro por el pescuezo y se puso a desplumarlo a lo vivo hasta dejarlo sin una sola pluma.

Por la noche, cuando volvieron los señores a casa, se llevaron un disgusto grandísimo al ver al loro totalmente pelado y bastante ensangrentado. El pobre pájaro, con la voz temblorosa de rabia, empezó a gritar:

–¡Qué velada tan agradable! ¡Qué velada tan agradable!

Los señores no sabían si reír o llorar, pero el caso es que, desde entonces, todos dejaron de admirar tanto al loro por su inteligencia.

El lobo y la cigüeña

Se dice que unos comen para vivir y otros viven para comer. Los lobos deben de ser de estos últimos, porque parece que nunca se hartan de corderos, cabritos, liebres y corzos. ¡Cualquiera diría que tienen un agujero en el estómago!

Pues había una vez un lobo así de tragón, que, más que comer, engullía moviendo las mandíbulas sin parar, como si tuviese prisa por llenarse la barriga hasta los topes. Un día, se le atragantó un hueso en el gaznate. La verdad es que era un huesecillo de nada, pero, por más esfuerzos que hacía, no conseguía tragárselo ni escupirlo y el pobre estaba a punto de asfixiarse.

Aun así, se pudo dar con un canto en los dientes, porque, cuando ya no podía más, se le acercó una cigüeña, que tal vez venía de París y estaba haciendo un descanso, después de un vuelo tan largo. La cigüeña tenía mucha experiencia de la vida y enseguida entendió el mal trago por el que pasaba el lobo; como tenía el pico muy largo, igual que todas las cigüeñas, se lo introdujo al lobo en la boca con mucho cuidado y le sacó el huesecillo torturador con tanta destreza como un cirujano de primera. ¡Ah, qué alivio sintió el lobo, sin el hueso que no le dejaba respirar! Tuvo la sensación de haber vuelto a nacer.

Pero la cigüeña –como conocía tan bien las cosas del mundo y sabía que los mejores médicos, donde también demuestran su habilidad y hacen verdaderas filigranas, es en la factura– pidió al lobo que le pagase sus honorarios.

El lobo se indignó muchísimo.

–Pero ¡qué te has creído, desgraciada! –le dijo con toda la rabia que sentía–. ¿Pretendes que te pague honorarios, en serio? ¡Eso sí que no me lo esperaba! ¿Acaso no te das cuenta de que te has metido en la boca del lobo y has salido ilesa? ¿Y no sabes que es muy poca la gente que puede decir otro tanto? ¡Y todavía tienes la osadía de pedir que te pague! ¡Fuera de mi presencia, desagradecida, antes de que me arrepienta y te haga pagar cara tanta ingratitud!

El asno y el buey

Hubo una vez en cierto país un asno y un buey que dormían en el mismo establo y en el mismo lecho de paja y comían en el mismo pesebre.

Un día, cuando el buey volvió de trabajar en el campo, cansado a más no poder, el asno, que se consideraba más listo de lo que creía la gente, le dijo:

–Hermano buey, nuestro amo no se merece que te deslomes por él. ¡Has de ser más listo, hombre! Mira, mañana, cuando vuelvas al establo, túmbate y no pruebes bocado; así, el amo pensará que estás enfermo y te dejará descansar unos días.

En realidad, lo que el asno pretendía aconsejando al buey que ayunase era disponer él de una ración doble de pienso, porque pensaba zamparse lo que su compañero no comiera, y se puso a dormir tan contento soñando con el atracón que se daría al otro día.

Y así fue: al día siguiente, cuando el buey volvió del campo, siguió el consejo del asno y se tumbó en el suelo sin oler siquiera una brizna de paja ni un grano de alfalfa y, aunque las tripas le hacían runrún, supo aguantar el hambre con mucho esfuerzo.

Por la mañana, ¡cuál no sería su sorpresa al ver que el

amo sacaba del establo al asno y se lo llevaba a arar el campo! Y así, el buey se pasó el día tumbado en el establo, aburrido y hambriento, pero, por la tarde, cuando el asno volvió, lo saludó alegremente. En cambio, el asno estaba hecho trizas, apenas se aguantaba en pie y traía una cara de agotamiento que daba pena.

–Amigo mío –le dijo el buey–, quiero darte las gracias por tu buen consejo, porque me ha venido de perlas. Aunque tengo retortijones porque no he comido, he descansado mucho y no me duele nada.

El buey dejó de hablar un momento, pero el asno no dijo ni mu, como si estuviese pensando en otra cosa.

–Sin embargo, tú... –prosiguió el buey–, parece que tengas alguna preocupación. Si quieres contármela y puedo ayudarte, lo haré con mucho gusto.

Lo que el asno pretendía era no tener que volver al campo a hacer el trabajo del buey, porque estaba baldado de verdad y había comprendido que su idea no había sido buena. Así pues, por ver si podía remediar su equivocación, respondió:

–En efecto, hermano buey, estoy preocupado y voy a contarte el motivo, porque te atañe directamente. Resulta que esta tarde, a la hora de merendar, oí una conversación que sostuvieron el amo y el mozo; decían que, cuando un buey se pone tan enfermo o está tan viejo que no quiere ni comer, lo mejor es matarlo sin contemplaciones.

¡Pobre buey! Al oír esas palabras, se puso a temblar como un flan y, sin perder un segundo, se comió toda la paja y toda la alfalfa, para que el amo viese que todavía gozaba de buena salud y podía trabajar. La verdad es que, con el hambre que tenía, no tardó nada en dejar el pesebre como los chorros del oro.

A la mañana siguiente, de camino al campo de labor, se dejó uncir el yugo dócilmente mientras pensaba, con mucho agradecimiento, en los sabios consejos que le había dado el asno. Éste, por su parte, se quedó reflexionando y llegó a la conclusión de que antes de dar un consejo a alguien hay que pensar en todas las consecuencias que puede tener.

El león viejo y el caballo

Érase una vez un león que se había hecho viejo y, como la edad no perdona a nadie, había perdido aquella fuerza y aquella agilidad de las que tanto podía presumir en su juventud. Lógicamente, cada día le resultaba más difícil cazar alguno de esos animales que, desde siempre, habían sido su alimento.

Un día, empujado por el hambre, que le retorcía las tripas, llegó a un prado en el que pastaba sin preocupación, satisfecho de la vida, un caballo joven, gordito y reluciente.

«¡Qué caballito tan gordito y tan tierno!», se dijo el león. «¡Qué banquete podría darme con él y cuánto me aprovecharía!»

Sin embargo, antes de lanzarse al ataque, pensó un poco más:

–Claro, que, es joven y ágil y también más veloz que el rayo, seguro. Si me lanzo por él y me ve a tiempo, echará a correr, huirá a galope tendido y, yo, triste de mí, con estas patas que apenas me sostienen ya, no podré atraparlo de ninguna manera... Bien pensado, algunas veces, más vale maña que fuerza, conque, a ver si hay suerte y se me ocurre alguna treta.

Entonces el león, adoptando una actitud pacífica y

tranquila, se acercó al caballo, que se lo quedó mirando con curiosidad.

–Buenos días, amigo caballo –lo saludó fingiendo despreocupación–, y buen provecho. Esa hierba tiene una pinta muy jugosa y parece excelente para la salud. De todos modos, como soy un médico muy famoso y trato enfermedades de todas clases, creo que puedo hacerle a usted un buen servicio, si es que le aqueja algún mal, porque ya se sabe: cuando no es una cosa, es otra, pero a todos nos duele algo.

El caballo se quedó perplejo al oír semejante discurso en boca de un león, pues sabía que era un carnicero consumado, aunque se quisiera hacer pasar por doctor en medicina. Sin embargo, como no era burro, sino caballo y bastante inteligente, no se fió del amable ofrecimiento, pero hizo ver que sí que se lo creía, que era un médico famoso, y le respondió con estas palabras:

–¡Huy, señor doctor! Llega usted como llovido del cielo, porque, precisamente, hace poco se me clavó una espina de zarza en una de las patas traseras y me duele tanto que casi no puedo andar.

–No se preocupe, verá como se la saco sin hacerle nada de daño –contestó el león.

El caballo levantó una pata trasera para que el león le sacase la espina y le curase la herida, y éste, disimulando sus malas intenciones, se acercó al caballo, haciendo ver que quería examinarle la herida. El caballo, sin perder de vista al león, esperó a tenerlo a tiro y, sin darle tiempo a que lo atacase, le soltó una coz tan fuerte en medio de la frente que lo dejó casi sin sentido.

Al infeliz león no le quedaron arrestos más que para huir del prado tan rápidamente como se lo permitían las patas..., seguramente en busca de un médico, de un médico de verdad, que le aplicase un buen ungüento o una cataplasma curativa.

La zorra y el chivo

Era una noche muy oscura, negrísima, una noche de cielo encapotado y sin el menor resplandor de luna ni estrellas. Y sucedió que una zorra, buscando algo que comer, se adentró en un terreno desconocido y se cayó a un pozo. No se ahogó, porque había poca agua, pero no pudo salir y tuvo que pasar allí toda la noche.

A la mañana siguiente, se acercó al pozo un chivo que tenía mucha sed. Se asomó al brocal y, al ver a la zorra, le preguntó:

–¿Es buena esa agua? Tengo una sed que me muero.

A la zorra le pareció que se le presentaba la ocasión de salir de allí y no podía perdérsela, conque respondió:

–Buena es poco decir. El agua de este pozo es la más fresca y rica que has probado en tu vida. ¡Anda, baja sin miedo! ¡Pruébala y verás!

El chivo no se hizo de rogar y, de un magnífico salto, se plantó en el fondo y sació la sed. El agua no le pareció tan buena como había dicho la zorra, pero se dejaba beber. ¡Ojalá nunca faltara!

Sin embargo, tan pronto como hubo bebido cuanto necesitaba, preguntó a la zorra cómo iban a salir de allí y ella le dijo que ya lo había pensado.

–Mira, tú te pones de pie, apuntalas las patas delanteras contra la pared y te estiras tanto como puedas, con los cuernos muy rectos hacia arriba. Después, yo me subo por tu lomo hasta los cuernos y, desde allí, doy un salto y salgo; naturalmente, después te ayudo yo a salir desde fuera.

Al chivo le pareció una idea estupenda e hizo exactamente lo que la zorra le había dicho: se apuntaló contra la pared, irguió el cuerpo y estiró el cuello y los cuernos cuanto pudo. A continuación, la zorra se le subió a las patas traseras, le recorrió el lomo, trepó por los cuernos y, desde allí, con un salto excepcional, salió por fin del dichoso pozo, que tan negras se las había hecho pasar durante unas cuantas horas.

Al verse libre, echó a andar sin pensar en el pobre chivo, que se había quedado dentro del pozo.

–¡Ayúdame a salir! ¡Ahora ayúdame tú a mí! –gritaba el pobre, desgañitándose–. En eso habíamos quedado, ¿no?

–Amigo mío –respondió la zorra antes de desaparecer por el camino–, si tuvieses tanto sentido común como pelos en la barba, antes de tirarte al pozo habrías pensado en la forma de salir.

Verdaderamente, muchos se creen muy sabios porque lucen barbas largas y vistosas, pero, en realidad, tienen menos cabeza que un chorlito.

La rana y el buey

Había una vez una rana un tanto pretenciosa que estaba muy quietecita entre los juncos de la orilla de su charca. No lejos de allí, se extendía un prado de hierba verde y tierna, donde pacía tranquilamente un buey que, de vez en cuando, sacudía el rabo para espantar las moscas y los tábanos.

La rana lo miró de arriba abajo y se dijo:

–¡Qué buey tan grandote! La verdad es que abulta muchísimo más que yo.

Al cabo de un rato volvió a fijarse en él y le pareció aún más voluminoso que antes, pero de repente se le ocurrió una idea genial y exclamó:

–Claro que, si quiero, puedo hacerme tan grande como él. Sólo tengo que inflarme hasta alcanzar su tamaño.

Dicho y hecho. La rana se hinchó cuanto pudo y, en verdad, parecía mucho más grande que antes. Entonces se fue a buscar a sus hijos, que estaban dándose un chapuzón en el otro lado de la charca, y les preguntó si era tan grandota como el buey. Ellos se echaron a reír y le dijeron que no, que le faltaba muchísimo para ser como él.

La rana, un tanto picada, se hinchó más y volvió a hacer la misma pregunta a sus hijos.

–No, madre, el buey abulta mucho más que tú.

¿Qué otra cosa podían decirle los pobres renacuajos?

Por lo visto, la rana era más tozuda que una mula y no quería desistir del intento, conque, con un último y gran esfuerzo, se infló todavía más. No puede negarse que puso en ello toda su voluntad, pero lo cierto es que se hinchó tanto que reventó y ¡menudo susto se llevaron sus pobres hijos y todas las ranas del vecindario!

Y así fue como la rana se dejó el pellejo por una pretensión desmesurada sin haber conseguido siquiera hacerse tan grande como el buey, el cual, completamente ajeno a la desgracia que había desencadenado, seguía pastando tan tranquilo en el prado de hierba verde y tierna.

El corderito y el lobo

Siempre gana la razón del más fuerte, como veremos a continuación.

Había una vez un tierno corderito que estaba abrevando en un arroyo de agua clara y transparente, como la que baja de las montañas cuando se funde la nieve.

Unos metros más allá, corriente arriba, apareció un lobo y también se puso a beber, pero, al ver al cordero a poca distancia, se acordó de que no sólo tenía sed, sino también mucha hambre, y pensó que ya había encontrado un excelente desayuno. Entonces, por justificar lo que tenía ganas de hacer, dijo:

–¡Eh, tú! ¿Cómo te atreves a enturbiar el agua que ha de aplacar mi sed? ¡Pagarás cara tu osadía!

–Pero, fíjate bien –le respondió el cordero–: ¿dónde estás tú y dónde estoy yo? Tú estás más arriba y el agua corre hacia abajo. Por lo tanto, de ninguna manera puedo enturbiar el agua que tú bebes.

–Pero, es que hace unos seis meses –lo intentó de nuevo el lobo–, estuviste hablando mal de mí a todo el mundo. Me llamaste lanudo y tragaldabas, ignorante y bestia, pelmazo y pedazo de no sé qué..., conque, prepárate, porque las vas a pagar todas juntas, ¡por insultarme!

–Seguro que no fui yo –replicó el cordero–, porque, hace seis meses, ni siquiera había nacido.

–Pues sería tu padre, y, como bien sabrás, los pecados de los padres los pagan los hijos.

Sin más explicaciones, el lobo abusón se abalanzó sobre el razonable corderillo, lo mató de una brutal dentellada y no dejó de él más que el pellejo.

El mono y la zorra

Érase una vez un mono que bailaba muy bien. Tenía mucha gracia y, como además era ágil, amenizaba sus bailes con un variado repertorio de saltos, cabriolas, contorsiones y gestos cómicos y, por lo visto, todo el mundo se tronchaba de risa con él.

Aquel año, los animales celebraron la llegada de la primavera y el buen tiempo con un festival por todo lo alto. Entre los artistas que actuaron, el mono ejecutó un repertorio de danzas campestres tan entretenido que el público se divirtió como nunca y, al final, lo proclamaron rey de la comarca. El mono, que no se esperaba semejante honor, se puso muy contento y empezó a presumir y a hacerse el gallito, de lo satisfecho que estaba. ¿Qué dirían ahora los envidiosos –porque los hay en todas partes– y los que siempre se burlaban de él y lo tildaban de majadero? ¡Se quedarían sin habla!

Sin embargo, una zorra muy astuta, como todas las zorras, se hartó de las fanfarronadas del mono. Sabía que, no lejos de allí, una partida de cazadores había preparado una trampa cuyo cebo era una manzana, y dispuesta a dar una lección al mono, le dijo lo siguiente:

–¡Fíjate qué manzana tan sana y apetitosa! ¡Anda, cógela tú, que eres el rey y te corresponde por derecho! Ya ves que es un bocado digno de un monarca.

El mono, halagado y goloso a un tiempo, no se hizo de rogar y, muy decidido, echó a correr hacia la manzana. Sin embargo, el muy incauto, como no veía más allá de sus narices, no reparó en la trampa y, no bien hubo cogido la apetitosa manzana, saltó el cepo y el infeliz macaco quedó atrapado y no pudo salir de ninguna manera.

–¿Qué te parece ahora, tonto de capirote? –le dijo entonces la zorra–. ¿Creías que, para ser el rey de la comarca, bastaba con saber bailar y hacer monerías?

La liebre y las ranas

Estaba una vez una pobre liebre encogida al fondo de su madriguera, reflexionando sobre su cobardía y sobre el miedo que la dominaba a todas horas.

–¡Qué mal se ha portado la naturaleza conmigo! –se lamentaba–. Me ha hecho tan timorata y cobarde, que me asusto por cualquier cosa y siempre huyo temblando de miedo: me espanta un rumor de nada, me sobrecoge de terror el menor movimiento entre las matas. ¡No puedo estar ni un momento tranquila y confiada!

Hizo una pausa en sus lamentaciones, estiró las largas orejas por si había algún ruido sospechoso y, como no oyó nada, prosiguió su quejosa reflexión.

–Esto de pasarme la vida con el alma en vilo no es vida ni nada que se le parezca. Estoy harta de tanta preocupación, tanta inquietud y tanta angustia. ¡No puedo seguir así! Y la manera más fácil de terminar con todo es que me decida a abandonar este valle de lágrimas.

Así pues, salió de la madriguera y se dirigió a un barranco cercano. Al fondo del barranco había una charca, en la que pensaba ahogarse, si no se mataba antes estampándose contra las rocas.

Pero resultó que a la orilla de aquella charca vivían muchas ranas y, cuando oyeron que se acercaba alguien, como no sabían quién era, se zambulleron precipitadamente en el agua…, por si acaso.

¡Menuda sorpresa se llevó la liebre miedosa, al verlo! Casi no podía creerse que ella, siempre tan temerosa de todo y de todos, pudiera asustar a otros animales. ¡Conque había otros más miedosos aún! Se quedó pensando un rato.

–¡Vaya! Pues, a lo mejor resulta que no soy un caso único –se dijo–. A lo mejor resulta que, en comparación, no soy tan cobarde como creía. Y, si estas ranas, que me tienen miedo a mí, no piensan quitarse la vida, no hay motivo para que me la quite yo.

Y así, muy satisfecha de lo que había pensado, se alejó del barranco convencida de que, con miedo o sin él, la vida era bella y valía la pena vivirla.

El león y el mosquito

Una vez, un mosquito insignificante, pero muy engreído, se acercó a un león de aspecto feroz y, más o menos, le habló así:

–¿Eres tú al que consideran el rey de la selva y de los animales? ¡No fastidies! Desde luego, hoy en día, titulan rey a cualquiera, porque, ya me dirás qué méritos tienes tú. A fin de cuentas, lo único que sabes hacer es dar unos rugidos terroríficos que parecen de teatro y hacer pasar por el aro a algunos animalillos indefensos. ¡Eso lo hace cualquier ama de casa con el calzonazos de su marido: pegarle unos gritos y dejarlo para el arrastre!

El mosquito se calló un momento y el león se quedó mirándolo con asombro y admiración, pues no estaba acostumbrado a aquel lenguaje ni a que le hablasen con tanta insolencia.

–Mira lo que te digo –siguió hablando el mosquito–: aunque me veas tan pequeñito que no darías ni un chavo por mí, has de saber que no te tengo ni pizca de miedo. Soy más fuerte y más valiente que tú y, si no te lo crees, ahora mismo te lo demuestro.

Dicho y hecho: el miserable insecto se metió en la nariz del león y, con su finísimo aguijón, le hizo una picadura tremenda. Muy satisfecho de su heroicidad, salió de la nariz del rey de la selva y levantó el vuelo jactándose de haber vencido al rey de los animales.

El león no pudo defenderse ni evitar el ataque y, además del escozor de la picadura, tuvo que aguantar la humillación a la que lo había sometido el insignificante e insolente bichejo. ¡Alguien pagaría los platos rotos! Sin embargo, poco después, tuvo el placer de comprobar que el miserable y jactancioso insecto había quedado atrapado entre los hilos de una telaraña.

La zorra y la cigüeña

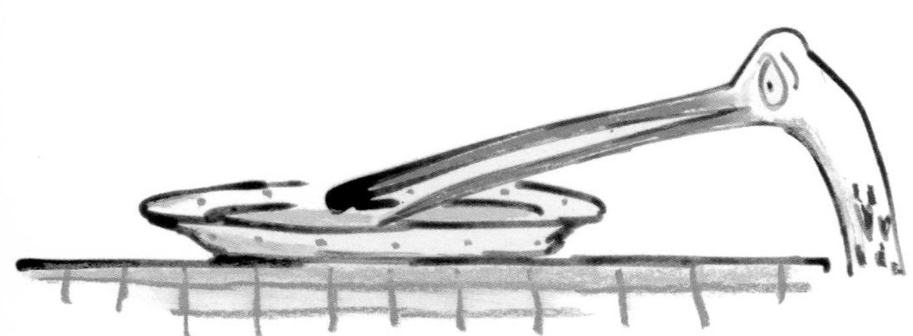

Parece ser que una vez, a una zorra muy bromista se le antojó divertirse a costa de una cigüeña haciéndole una jugarreta. Además de divertirse un rato, después lo podría contar tantas veces como quisiera, durante las larguísimas veladas de invierno.

Así pues, con esa idea en la cabeza, invitó a una cigüeña a comer y le sirvió un gran plato de sopa. Era una sopa buenísima, excelente, hecha con los mejores ingredientes, pero muy rala, y por si fuera poco, la zorra se la sirvió en un plato llano, llanísimo. Lógicamente, la cigüeña, con el largo pico característico de su especie, apenas pudo atrapar dos o tres gotitas de sopa. En cambio, la zorra, que tenía una lengua ágil y rápida, dejó el plato limpio a lametazos en un pispás.

¡Menuda panzada de risa se dio la zorra al ver la reacción de la infeliz cigüeña! Porque, como es natural, la pobre se quedó con una cara más larga que una semana sin pan ni tortas, y le dolió tanto que la zorra le hubiese tomado las plumas tan descaradamente que se propuso devolverle la jugada a la menor oportunidad.

Dos o tres semanas después, un mediodía de sol abrasador y calor asfixiante, ya que estaban en pleno verano, la cigüeña invitó a la zorra a una tentadora limonada, dulce y fresquita, que había preparado personalmente con los mejores limones del limonero del huerto del rector. La zorra, que tenía mucha sed, como cualquiera en verano, aceptó muy contenta la oportuna invitación. Sin embargo, la cigüeña sirvió el exquisito refresco en una botella de cristal de cuello largo y estrecho y dijo a su invitada:

–¡Hala, amiga zorra, bebamos hasta hartarnos! ¡Salud!

Tal como quería la cigüeña, en esta ocasión, se volvieron las tornas, porque ella pudo meter con toda facilidad su largo y delgado pico por el cuello de la botella y beber hasta saciarse, mientras que la zorra, con su hábil y ligera lengua, no encontró la manera de catar ni una sola gota de la deliciosa bebida. Y lo que es peor, no sólo se quedó con un palmo de hocico, sino que, encima, le entró más sed todavía. Fue entonces cuando le vino a la cabeza un dicho muy famoso:

Donde las dan las toman.

La asamblea de las ratas

Un día, una comunidad de ratas estaba más que harta, porque había un gato enorme y tragaldabas que las acosaba sin piedad ni compasión; cada vez que atrapaba a una, la mataba sin ningún escrúpulo y se la zampaba. Así pues, las ratas convocaron una asamblea general con un solo punto en el orden del día: buscar la manera de librarse de aquel enemigo feroz y cruel, implacable y voraz.

Fue una reunión multitudinaria y muy animada en la que todas las ratas, incluso las menos habladoras, querían hacer uso de la palabra para dar su opinión. Naturalmente, pasó lo que suele pasar en las asambleas, que, en algunos momentos, hablaban todas a la vez y aquello parecía una casa de locos; así no había forma de entenderse, y llegaron a decirse cosas estrambóticas y a exponerse ideas extravagantes y planes quiméricos, imposibles de realizar… ¡En todas partes hay quien habla por hablar!

Por último, después de una serie de discusiones inacabables, llegaron a la conclusión de que lo mejor era ponerle un cascabel al gato. Conviene recordar aquí que los cascabeles son un invento funcional por excelencia, es decir, que nunca fallan. Si uno lo lleva puesto, por poco que se mueva, enseguida se sabe dónde está y, por lo tanto, le es imposible disimular su presencia en cualquier parte. En efecto, era una gran solución, la idónea para resolver el problema del gato asesino de ratas: le pondrían un cascabel.

Las ratas asambleístas se pusieron más contentas que unas pascuas y se quedaron muy satisfechas con la solución: en adelante, cada vez que se acercase el gato, oirían el cascabel y podrían correr a esconderse y desaparecer del mapa sin mayor peligro. Estaban tan eufóricas que se pusieron a chillar y a brincar de alegría.

Pero resultó que una rata muy vieja y muy sabia pidió la palabra y, cuando la dejaron hablar, se aclaró el gaznate y dijo:

–Hermanas, ¿queréis hacer el favor de decirme quién le pone el cascabel al gato?

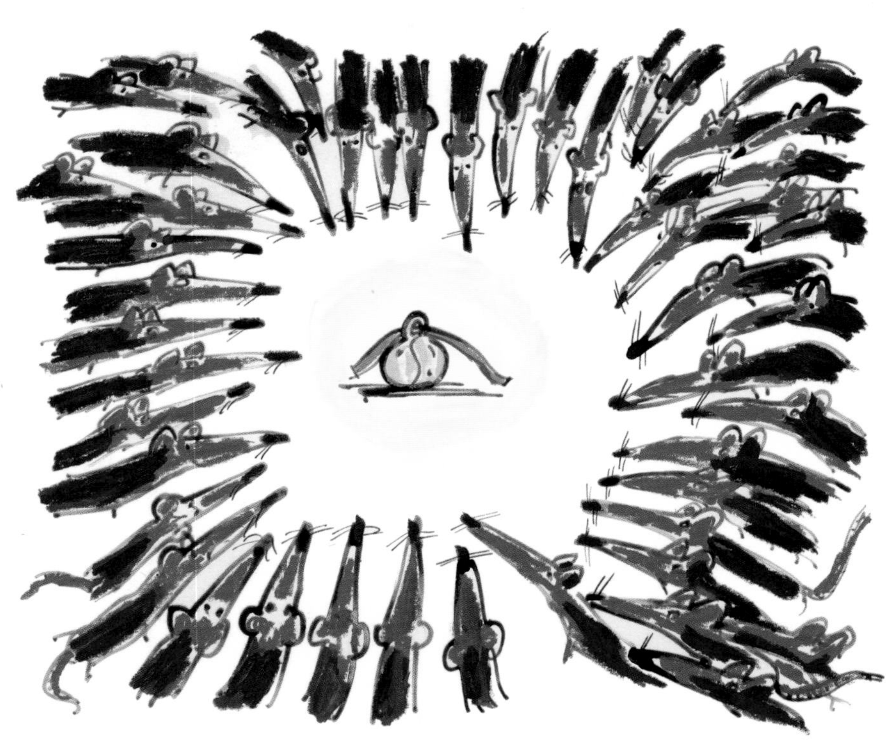

El murciélago y las comadrejas

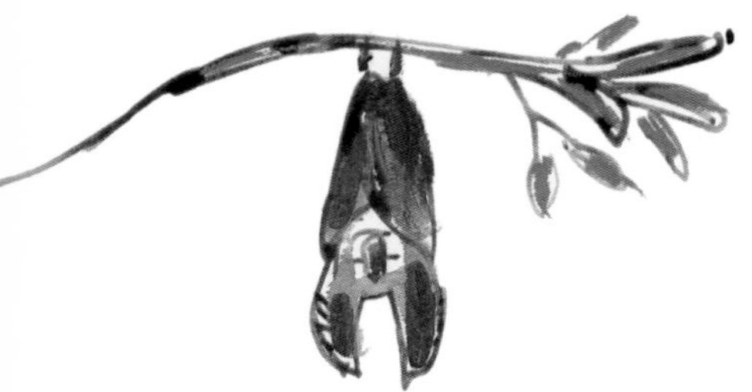

Se dice que los murciélagos tienen muy buen sentido de la orientación. Sin embargo, una vez hubo uno que se desorientó un poco y, por error, fue a parar a la madriguera de una comadreja. Quiso la casualidad que fuese, precisamente, la vivienda de una comadreja que, por antiguas desavenencias, se las tenía juradas a los ratones y no podía verlos ni en pintura. Así pues, hecha una auténtica furia, se encaró al intruso y le dijo:

–¡Oye, alimaña repugnante! ¿Cómo te atreves a entrar en mi madriguera? Está claro que no eres más que un ratoncejo de la peor especie, ¡indecente, asqueroso! ¡Ahora verás lo cara que pagas tu osadía!

–¡Huy, huy, huy! ¡Para el carro, comadre! –respondió el murciélago haciéndose el ofendido–. ¿De dónde sacas tú que soy un ratón? ¿Estás ciega o qué? ¿No ves que soy un pájaro? ¿Y que tengo alas y sé volar? ¡Confundirme a mí con un ratón...! ¡No te fastidia! ¡No me habían ofendido tanto en mi vida! ¡A ver si abres bien los ojos!

Lo dijo tan convencido que la comadreja lo creyó y lo dejó marcharse sin ponerle un dedo encima.

El caso es que el murciélago debía de tener un poco atrofiado el sentido de la orientación o bien, debía de ir por la vida pensando en sus cosas, sin fijarse por dónde volaba, porque, al cabo de unos días, volvió a meterse en la madriguera de otra comadreja, que también era enemiga acérrima de unos animalillos: los pájaros, en su caso. Los odiaba a muerte. Entonces, al ver que el intruso tenía alas y volaba, creyó que era un pájaro..., ¡y ya os podéis imaginar cómo se puso!

–¡Eh, tú, pajarraco infernal! –le dijo, con los ojos entrecerrados de rabia y echando espumarajos por la boca–. Acabas de firmar tu sentencia de muerte. Aunque la ley de la hospitalidad mande acoger a los forasteros, te aseguro que no afecta a infames e indignos pájaros como tú, animalejo sórdido y despreciable. ¡Pájaro que cae en mi madriguera no sale vivo!

–Un momentito, por favor –replicó el murciélago sin pérdida de tiempo–. No te pongas así, que te vas a herniar–. ¿Por qué me tomas por un pájaro, precisamente a mí? Te aseguro que nunca me había pasado. ¿No ves que soy un ratón? ¿No sabes que los pájaros tienen plumas? ¿Acaso has visto en tu vida un pájaro sin plumas? ¡Que soy un ratón, comadre! Provengo de una familia muy noble, la más antigua de toda la comarca, ¡y a mucha honra! Si tienes tantas ganas de matarme, adelante, pero no me insultes ni me ofendas diciendo que soy un pájaro. ¡Vamos! ¡Hasta ahí podíamos llegar!

Tanta elocuencia convenció por completo a la comadreja de que el animalillo que se había colado en su madriguera era un ratón y no un pájaro de esos a los que tanta manía tenía. Conque, tranquilizada, desistió de su propósito y dejó marcharse al murciélago por donde había venido sin tocarle ni la punta de una membrana voladora.

Y así fue como, en pocos días, el murciélago se salvó dos veces. Hizo como aquel que cambia de chaqueta a cada momento, según de donde sople el viento.

La zorra, el lobo y el caballo

Un buen día, la zorra y el lobo hicieron un pacto. Lo único que comían ambos era carne, porque eran carnívoros y, por tanto, cuando tenían hambre, debían aguzar el ingenio para cazar alguno de los animales que vivían en el monte, como liebres, conejos, ardillas, lirones, ciervos y corzos, o, también, cuando los pastores y los perros se distraían o descabezaban un sueño, algún que otro corderillo de los rebaños que pacían en los prados y en los altos pastos.

Sin embargo, las cosas no siempre les resultaban fáciles, porque los animales no se dejaban cazar así como así, sobre todo en invierno, época en la que los unos no salían de sus nidos y madrigueras y los otros estaban encerrados en la majada. He aquí el motivo y la razón de que la zorra y el lobo se aliasen, con la idea, nada desacertada, de que, donde no llegase la fuerza del lobo, llegaría la astucia de la zorra.

Y así, una mañana, merodeando los dos por el monte, avistaron un caballo que pastaba en un prado exuberante de hierba tierna. Parecía corpulento y tenía una estampa magnífica, y la zorra pensó que de ahí saldrían unos filetes suculentos.

–¿Has visto qué ejemplar más espléndido? –dijo la zorra a su socio–. Si lo cazamos, nos daremos un atracón memorable.

–Pues, intentémoslo –respondió el lobo, con la boca hecha agua.

Y no lo pensaron dos veces: siguieron andando como quien no quiere la cosa, como si hubiesen salido simplemente a pasear, a estirar un poco las piernas y a tomar el fresco, y, disimulando sus verdaderas intenciones, se acercaron al caballo. Lo saludaron con aparatosas reverencias, sonriendo sin enseñar los dientes, y la zorra, que era más lista que el lobo, le dijo lo siguiente:

–¡Buen provecho os haga la hierba de este prado! Ilustre señor, sería un gran honor para mi compañero y para mí que nos tomaseis a vuestro servicio. Sólo hace falta que nos digáis vuestro nombre y vuestro linaje.

–Pues, resulta –contestó el caballo, después de sopesar prudentemente a la pareja de caminantes– que soy de una de las familias más ilustres de la comarca. Llevo mi nombre y el de mi linaje escritos con letra clara en los cascos de las patas traseras. Si queréis saber quién soy, no tenéis más que leerlos. ¡Vamos, acercaos sin miedo!

La respuesta del caballo hizo recelar a la astuta zorra, pero, disimulando lo mejor posible, dijo:

–¡Ay, qué lástima! ¡No sé leer! ¡Qué más quisiera yo! Pero mi familia era muy humilde y no pudo mandarme a la escuela. Sin embargo, mi compañero es de buena cuna y lee como los ángeles, ¿verdad que sí?

–Por descontado –dijo el lobo, orgulloso.

Y con cara de catedrático, se colocó detrás del caballo

dispuesto a leer aquellos nombres que había dicho que llevaba escritos en los cascos. Y el caballo, para que los pudiera leer mejor, levantó una pata. Y a continuación, sucedió lo que se temía la zorra: el caballo soltó una patada tan tremenda a la cara del lobo que se la puso del revés.

–Mi querido amigo –dijo la zorra–, a partir de ahora, no tendrás que preguntar a nadie el nombre de este ilustre señor, porque lo llevas perfectamente escrito en la cara con letras que nunca se borrarán.

El león, la vaca, la cabra y la oveja

Esto era un león que un buen día se reunió con una vaca, una cabra y una oveja. ¡Quién puede imaginarse un cuarteto más curioso y singular! Pero, resulta que corrían tiempos de crisis, lo cual significaba dificultades para encontrar alimento. ¡A saber si no lo acapararían todo los especuladores, que tanto proliferan en esas circunstancias! El caso es que había hambre y a los cuatro animales se les ocurrió asociarse para ir al monte de cacería, porque, al ser varios, podrían distribuirse entre los distintos apostaderos y, así, tendrían más posibilidades de cazar una pieza de buen tamaño. Después, como es natural, se repartirían las piezas cobradas a partes iguales, según la costumbre de los cazadores.

Se dirigieron al prado del Abrevador, así llamado porque había un abrevadero muy concurrido por toda clase de habitantes del bosque y del monte, y cada uno se apostó en un lugar. El león subió a lo alto de la peña Granito, la vaca se quedó allí mismo, detrás de la fuente, la cabra se escondió tras el roble Solitario y la oveja montó guardia en el camino de la Cueva. Tuvieron que esperar muchas horas, porque la caza es así: hay que armarse de paciencia. Por fin llegó un ciervo que lucía una espléndida cornamenta y, por lo visto, tenía mucha sed, porque enseguida se puso a beber. Los cuatro cazadores lo rodearon para cortarle la huida y lo abatieron. Al menos, aquel día matarían el gusanillo.

El león partió la presa en cuatro partes, todas iguales, eso sí, y, a continuación, dijo a sus tres compañeros:

–El primer cuarto es para mí, porque soy el león, el jefe de la cuadrilla; el segundo también me lo quedo, porque soy el más fuerte de los cuatro; el tercero me lo reservo, porque tengo un hambre feroz. Y el cuarto cuarto..., pues, os lo digo francamente: el que se atreva a tocarlo, que se pase antes por el señor notario y haga testamento; es un consejo. ¿Lo habéis entendido?

¡Cómo no iban a entenderlo! ¡Estaba más claro que el agua! Cuando se es honrado como una vaca, de buena fe como una cabra o sumiso como una oveja, más vale no entrar en tratos con los leones.

La zorra rabona

Una madrugada de pleno invierno, una zorra que no probaba bocado desde hacía días iba por el bosque de los Nogales siguiendo un rastro que la llevaría –eso esperaba– a la madriguera de un conejo rollizo o de una liebre rechoncha que pudiese servirle de almuerzo, pero resulta que el aparcero de la dehesa del Río, siempre tan preocupado por sus animales de corral, había colocado una trampa en un lugar de paso obligado. La zorra no vio el cepo a tiempo, éste se disparó y la atrapó por el rabo. La pobre desgraciada empezó a hacer toda clase de movimientos y contorsiones para soltarse del maldito cepo..., ¡y muerta de miedo que estaba, por si aparecía de pronto el aparcero! Porque seguro que la molería a palos con el mango de la azada o el de la escardadera. Por fin, después de mucho forcejeo, consiguió librarse, aunque hubo de dejar allí gran parte de su magnífica cola.

Inmediatamente, puso pies en polvorosa y no volvió a acercarse por aquel sitio fatídico que tan malos recuerdos le había dejado. ¡No volverían a verla por el bosque de los Nogales ni por los aledaños de la dehesa del Río! Se alegraba mucho de haber podido escapar con vida de la diabólica trampa, pero, por otra parte, lloraba amargamente la pérdida de la cola, porque siempre se había sentido muy orgullosa de ella. Ya se sabe que, desde que existen zorras en el mundo, la cola es su mejor adorno, vivan en el continente que vivan.

–¿Y qué hago yo ahora, infeliz de mí, sin mi preciosa cola? –se lamentaba la desventurada raposa–. ¿Qué dirán mis compañeras cuando vean que me he quedado rabona? ¡Me imagino la juerga que pasarán a mi costa! ¡Ay! ¡Seré el hazmerreír de todas las zorras de la comarca por los siglos de los siglos!

No podía conformarse con una perspectiva tan poco halagüeña y se puso a pensar, hasta que, al cabo de un buen rato, se le ocurrió una idea que tal vez funcionase. Al día siguiente, en un recóndito claro que se abría al lado de la encina más añosa del bosque Negro, reunió a las zorras de los contornos y, delante de todas, soltó un bonito discurso, como los de los candidatos en época de elecciones. Con palabras muy escogidas, que figuran en todos los diccionarios, y con muy buena pronunciación, se esforzó cuanto pudo por demostrar a sus congéneres que la cola larga y peluda que lucían todas con la mayor satisfacción era una verdadera lata, un auténtico estorbo sin utilidad de ninguna clase.

–Os aconsejo, por vuestro bien, que os la cortéis –siguió diciendo–. Como podéis ver, predico con el ejemplo y os aseguro que, sin cola, soy más veloz que nunca y puedo pasar entre las zarzas y los tojos sin enredarme ni arañarme. Desde que me deshice de la cola, ¡no os imagináis la cantidad de conejos y liebres que he llegado a cazar! ¡Y hasta ardillas, de vez en cuando!

Las demás zorras la escuchaban atentamente, sin hacer comentarios, pero, cuando terminó el discurso, la más vieja de todas y, por tanto, la más experta, le dijo algo parecido a esto:

–Nos has dado un discurso muy bonito y nos ha gustado mucho. Puede decirse que eres una oradora consumada y que hablando no hay quien te gane. Ahora bien, es una verdadera lástima que no nos contases todo eso antes, cuando todavía tenías cola, porque hasta te habríamos hecho caso.

Los patos y el sapo

En una charca sombreada por una hilera de chopos muy rectos y frondosos vivían un sapo rechoncho y una pareja de patos silvestres. A pesar de lo diferentes que eran, convivían como buenos vecinos e incluso habían trabado amistad.

Por aquel entonces, llegó un verano muy seco, sin un mal chaparrón, y la charca perdió tanta agua que parecía un auténtico lodazal. A la vista de semejante panorama, los patos decidieron cambiar de aires e irse a vivir a otra charca que, al parecer, tenía más agua, porque recibía la de un manantial que nunca se secaba. Estaban seguros de que, si daban con ella, podrían terminar de pasar el verano en mejores condiciones. Sin embargo, como estaban muy bien educados, antes de levantar el vuelo fueron a despedirse de su vecino, el sapo.

–Cada día que pasa hay menos agua, conque, seguramente, pronto no quede ni una gota –le dijeron–, y, como no queremos morirnos de sed, hemos pensado en cambiar de residencia una temporada. Nos han contado que existe una charca más grande en la que no hay que preocuparse por la sequía, de modo que vamos a ir allí hasta el final del verano, que este año será largo.

–¡Qué suerte la vuestra! –dijo el sapo con tristeza y poniendo una cara más larga que una semana sin pan–. ¡Quién pudiera hacer otro tanto y echar a volar a otra parte! Aunque falte el agua, yo no tengo más remedio que quedarme aquí. ¡Ay! ¿Qué será de mí?

Los patos lo escuchaban con compasión, pero no se atrevían a decir nada.

–¿No hay manera de que me llevéis con vosotros? –preguntó el sapo.

Después de pensarlo un rato, uno de los patos dijo:

–Hombre, pues, quizá podamos intentarlo: en este mundo no hay nada imposible. Sin embargo, para que todo salga bien, debes tener en cuenta que no podrás decir ni una palabra durante todo el viaje, aunque nos encontremos con alguien que quiera hablar contigo. No podrás abrir la boca ni una vez.

–Claro, claro, no abriré la boca –contestó enseguida el sapo, que vio el cielo abierto–. Pero ¿cómo lo vamos a hacer, si no tengo alas?

–Mira, nosotros vamos a agarrar este palo con el pico, uno por cada punta, y tú te agarras por el centro con la boca, bien fuerte. Así, podremos transportarte entre los dos. Nos parece que puede salir bien.

Y así lo hicieron. Con más esfuerzo de lo normal, los patos echaron a volar por el cielo con el sapo, que iba muy bien agarrado del palo.

Todo iba como la seda, ya debía de quedar poco para llegar a la charca que nunca se secaba, cuando pasaron por encima de un viñedo en el que había dos campesinos cavando entre las filas de vides.

–¡Oye, mira! –dijo un campesino al otro–. ¡Ahí van dos patos silvestres transportando a un sapo!

–¡Qué cosa tan rara! –replicó el otro–. Desde luego, en este mundo siempre hay algo nuevo que ver. Cuando lo contemos, no habrá quien se lo crea.

El sapo, muy halagado por la admiración de los buenos campesinos, no supo resistir la tentación y, sin acordarse de la prudente recomendación de los patos, se dirigió a los hombres.

–¡Qué paletos sois! –les dijo–. ¡No sabéis de la misa la media!

¡Pobre desgraciado! El sapo, al abrir la boca para decir esa tontería, se cayó, se estrelló contra la tierra y estiró la pata in sécula seculórum.

El león y el ratón

Un día, un león que había merendado copiosamente –¡medio cervatillo se había zampado de una sentada!– se quedó amodorrado a la sombra de un baobab. Al poco rato se acercaron dos ratones, empezaron a treparle por las patas y, al notar el cosquilleo, el león se despertó. Uno de los ratones dio tal respingo que logró huir, pero el otro, desdichado de él, no llegó a tiempo y el león lo atrapó entre sus garras. ¡Estaba apañado! El pobre, muerto de miedo, se puso a gimotear de una manera que daba mucha pena y pidió al rey de la selva que le perdonase la vida.

–¡No me mates! ¡No me mates! –le suplicaba–. Si me perdonas la vida, prometo devolverte el favor un día.

Al oír esas palabras, el león se echó a reír a mandíbula batiente.

–¿Devolverme el favor tú a mí? ¡Juá, juá, juá! ¿Y cómo te las apañarás, eh? –replicó el león desternillándose–. ¡Anda, vete! Hoy me has pillado de buenas y no tengo ganas de hacerte daño. ¡Lárgate y no vuelvas a acercarte a mí!

Lo soltó y el ratón salió pitando, más alegre que unas pascuas, porque había salvado el pellejo y casi no podía creérselo.

Al cabo de un tiempo, ese mismo león andaba una tarde

bastante despistado y cayó en una red que le habían preparado unos cazadores. Al verse allí, se enfureció terriblemente y se puso a dar unos rugidos ensordecedores que retumbaban por toda la selva. Sin embargo, por más que lo intentaba, no lograba salir, pues, contra las redes, nada podían su fuerza, sus poderosas zarpas ni su dentadura rasgadora.

Y fue en esos momentos de mayor necesidad cuando apareció por allí el ratón al que un día había perdonado la vida. El roedor había prometido devolverle el favor y ahora se le presentaba la ocasión de cumplir su promesa. Sin pérdida de tiempo, se puso a roer con sus afilados dientecillos la malla de la red que aprisionaba al rey de la selva. Le costó lo suyo, pero, al final, el león pudo salir de la trampa y escapar de la muerte o, más probablemente, de pasar el resto de sus días entre barrotes, en una jaula de hierro.

El león se felicitó por el acierto tan providencial que había tenido el día en que se le ocurrió perdonar la vida al ratón y, agradecido, pensó que hasta el ser más pequeñito puede llegar a hacernos un gran favor en algún momento de la vida.

El ciervo y su cornamenta

Érase una vez un ciervo que tenía mucha sed y se acercó a beber a una pequeña laguna de agua limpia y cristalina que había al fondo de un valle. Cuando hubo saciado la sed que lo dominaba, la superficie del agua volvió a quedarse tranquila y nítida, y entonces el ciervo vio su magnífica imagen allí reflejada.

Al contemplar la espléndida cornamenta, que formaba un entramado de hermosas ramificaciones, semejantes a una filigrana arabesca, sintió una admiración ilimitada y un gran orgullo por el vistoso adorno con que lo había favorecido la naturaleza.

Sin embargo, al fijarse en sus patas, la impresión cambió por completo. Le parecían desproporcionadamente delgadas, esmirriadas y raquíticas, como palillos: francamente feas... ¡Qué vergüenza le dieron!

En ésas estaba, cuando, de pronto, oyó en las cercanías el alarmante sonido de un cuerno de caza y los temibles ladridos de unos perros que corrían hacia él. Huelga decir que el ciervo sabía perfectamente lo que aquello significaba y, sin pérdida de tiempo, echó a correr a tanta velocidad como le permitían sus ágiles, fuertes y ligeras patas. Tenía la esperanza de escapar de los cazadores y de los perros que querían abatirlo y es muy probable que, de no haber sido por la cornamenta, lo hubiese logrado, pero el espléndido adorno de la naturaleza, del que tan orgulloso estaba, se le enredó en un zarzal espeso y le cortó la huida. Por más que tiró y tiró, no logró desenredarse a tiempo y, momentos después, los cazadores cayeron sobre él.

Antes de morir, el desgraciado animal se hizo la siguiente reflexión, tan triste como atinada:

–¡Ay, desgraciado de mí! ¡Tarde comprendo que lo que más me enorgullecía es lo que ahora me cuesta la vida, mientras que lo que me avergonzaba habría podido ser mi salvación!

La corneja y las palomas

Una corneja negra, como todas las de su especie, iba volando un día, cuando pasó muy cerca de un palomar en el que vivía más de una docena de palomas. Las miró de arriba abajo y vio que estaban muy sanas y bien alimentadas.

–Estas pájaras se ceban de lo lindo –se dijo la corneja–. Si tuvieran que buscarse la comida a diario, igual que yo, seguro que no estarían tan rollizas.

De repente se le ocurrió una gran idea, una idea verdaderamente genial, o eso le pareció. Como tenía las plumas negras a más no poder, se las pintó de blanco y, disfrazada de esa guisa, entró volando en el palomar, se posó junto al comedero y se puso a picar salvado tranquilamente como una más de la bandada.

Al principio, las palomas no se dieron cuenta y la corneja siguió atiborrándose vorazmente, segura de que, al menos ese día, sus tripas no se quejarían. ¡Qué pienso tan riquísimo! Estaba disfrutando tanto que, en un momento de distracción, se puso a graznar de contento. Fue entonces cuando las palomas, que ni siquiera habían reparado en ella, descubrieron que no era de las suyas, sino una intrusa indeseable, y, olvidándose de la fama de pacíficas que tenían, se abalanzaron todas en tromba sobre la infeliz corneja y la picotearon sin piedad. De todos modos, ¡suerte tuvo de poder salir del palomar!, porque, de lo contrario, la historia de la corneja que se pintó de paloma habría terminado allí mismo.

Escarmentada y sin ganas de volver a repetir la aventura, se fue volando al cornejal, donde sus congéneres estaban repartiéndose las escasas viandas del día..., pero al verla llegar tan blanca, blanquísima como la leche, no la reconocieron y, pensando que era una intrusa, le propinaron una tunda de picotazos mucho más dolorosa y violenta que los de las palomas.

Y así, la desgraciada ave hubo de huir a toda prisa y pasar la noche sola y al raso.

El ruiseñor y el murciélago

Érase una vez un ruiseñor que vivía encerrado en una jaula, la cual estaba colgada a un lado de una ventana; se pasaba la noche cantando, de forma que sus trinos, armoniosos y dulcísimos, llenaban la oscuridad nocturna de música melodiosa.

Una noche se le acercó un murciélago que siempre revoloteaba por los contornos y oía su canto.

–Amigo ruiseñor –le dijo–, ¿por qué cantas siempre de noche, y en cambio no se te oye nunca de día?

–¡Pobre de mí! –respondió el cantor, con voz compungida–. Tengo mis motivos, no creas, y, ya que me lo preguntas, te los voy a contar. Antes, siempre cantaba de día, no hacía otra cosa durante las horas de luz. Así fue como me descubrieron, me atraparon y me encerraron en esta jaula. Por eso, ahora sólo canto de noche, pero de día, callo como un muerto. Si se quiere evitar la desgracia, lo mejor es ser prudente.

El murciélago, un tanto perplejo ante la explicación del ruiseñor, le respondió aproximadamente con estas palabras:

–Ya no es necesario que tengas cuidado ni prudencia. De nada te sirve cantar de noche y callar de día. Eso tendrías que haberlo hecho antes de que te cazasen; ahora ya da igual.

¡Cuánta razón tenía el murciélago! Porque, cuando el mal está hecho, de nada sirve la prudencia.

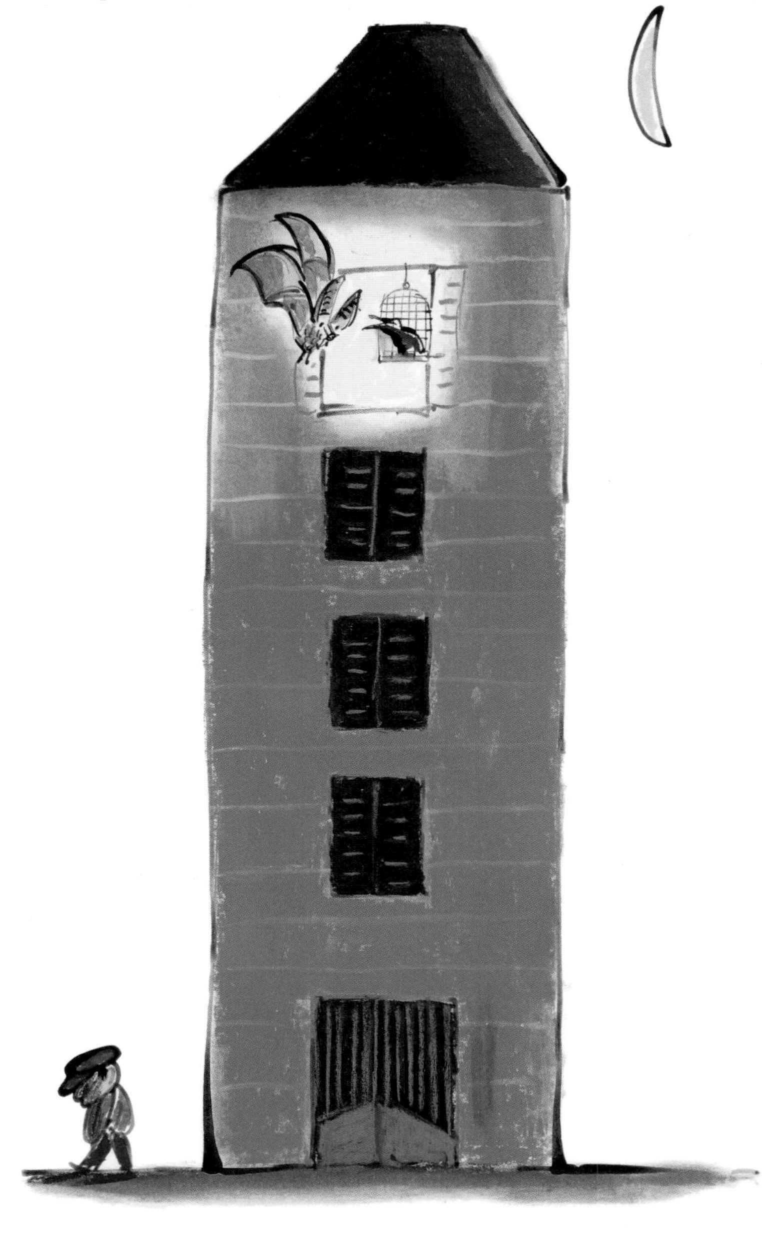

La mosca y la hormiga

Nadie sabe cómo fue, pero el caso es que un día, una mosca y una hormiga se pusieron a discutir sobre la importancia de los méritos de cada una. Ambas presumían mucho de su condición y de su personalidad y querían quedar por encima de la otra.

–Te pasas la vida arrastrándote por el suelo, como el animal más vil, pero tienes pretensiones de gran princesa –dijo la mosca con vehemencia–. En cambio, yo vuelo muy alto, altísimo, como una auténtica hija del aire..., ¿y te atreves a compararte conmigo?

–¡Apartaos todos, que viene la reina del cielo! –replicó la hormiga con todo el desprecio que pudo–. Seguro que por las venas te corre sangre azul.

–Pero ¡si está clarísimo! ¡Compara, si no! –prosiguió la mosca–. A ver, hormiga rastrera que muerdes el polvo, ¿acaso has podido pasearte alguna vez por la cabeza del rey, de la reina, del príncipe o de la princesa, como he hecho yo millones de veces? ¿A que no? ¿A que no lo has hecho nunca? ¿O por la cabeza de marqueses y marquesas, coroneles y generales, ministros y consejeros u obispos y cardenales? ¿O entre las orejas de los alcaldes de las ciudades más bonitas e importantes o de las damas más seductoras, atractivas e ideales? Eso tampoco lo has hecho, ¿verdad que no? Tú no puedes disfrutar del placer de hacer resaltar la blancura sin igual de las mejillas más hermosas, de los vestidos de seda y de los manteles de lino. ¡A ver, miserable hormiga, si puedes decir tú algo comparable!

Cuando la mosca hubo terminado su parrafada, la hormiga le respondió más o menos del siguiente modo:

–Es cierto que puedes entrar en grandes palacios y mansiones famosas, pero todos aborrecen tu nombre y lo maldicen sin reserva. Aunque te pasees por la cabeza de los reyes y los poderosos, de los marqueses y de los generales, también te posas en la de los burros y los cerdos, las mulas y las vacas, y de todas partes te echan a manotazos o a bofetada limpia. El día menos pensado las pagarás todas juntas. Porque, de la misma forma que de los castillos y palacios echan a patadas a los necios y a los vagos, a los maleantes, a los indiscretos, a los que son sucios por naturaleza, a los indeseables y a los chiflados, te expulsarán a ti de los sitios en los que imperan la limpieza y la cortesía, la bondad, la pulcritud, la concordia y el respeto mutuo. Dicen que hay muchas maneras de matar moscas, y no es ninguna tontería; verás qué pronto lo descubres en tus propias carnes. Fíjate bien en lo que te digo: un día morirás ignominiosamente; yo, en cambio, recogeré el fruto de mi trabajo y terminaré mis días tranquila y feliz. No quiero perder más tiempo charlando contigo, porque así no se llena el granero.

Y la hormiga se marchó dejando a la mosca con la palabra en la boca.

La rata y la comadreja

Había una vez una rata que tenía mucha hambre, porque se había desencadenado una crisis de las que hacen historia –una época de vacas flacas en la que todo el mundo lo aprovechaba todo y no tiraba nada–, y por eso, muchos días, la rata tenía que irse a dormir con la tripa vacía.

Un día, la suerte le sonrió: por un agujerito muy pequeño, tanto, que apenas podía pasar por él, logró colarse en la despensa de Villa Capitostes, la familia de campesinos más poderosa y rica de toda la comarca. Como era de esperar, la despensa estaba muy bien provista con toda clase de viandas. ¡Menudo banquete se dio la rata! Se puso las botas de tocino, longaniza y queso de la mejor calidad, de salchichones con pimienta y de jamón de alrededor del hueso. ¡Tardaría mucho en olvidar un festín tan suculento!

Sin embargo, engordó tanto que, cuando quiso salir de la paradisíaca despensa, se llevó la desagradable sorpresa de que no podía pasar por el agujero. ¡Nada, no había nada que hacer! Y no le quedó otro remedio que sentarse en un rincón, encogida y con el corazón en un puño, porque, si entraba la señora de la casa y la veía allí, le haría pagar muy caro el excepcional banquete que se había dado.

En esas estaba cuando acertó a pasar por allí una comadreja muy espabilada, que enseguida entendió lo que había pasado y, como le hizo mucha gracia, le dijo:

–Sólo hay una manera de salir de ahí: ayuna hasta quedarte tan delgada como cuando entraste.

¡Con cuánta razón se dice que, muchas veces, en el pecado está la penitencia!

El asno y el perrito

Había una vez un asno bastante corto de entendederas, como dicen que lo son todos. Su amo lo mataba a trabajar y se pasaba el día yendo y viniendo con las albardas cargadas de toda clase de cosas, pero, a cambio, no recibía más que una escasa ración de forraje y algún que otro bastonazo. Sin embargo, en la misma casa vivía un cachorrito que recibía del amo toda clase de mimos y cuidados.

El pobre asno se lamentaba amargamente:

–¡Qué injusticia tan grande! ¡Qué diferencia de trato! Me gustaría saber a qué se debe. Ahí está ese cachorro, que no sabe hacer nada de provecho, pero lo tratan a cuerpo de rey. Sólo porque es juguetón y tiene cara de corderillo, siempre le dejan estar con el amo y el ama y tumbarse junto al fuego, donde estará bien calentito. Por si fuera poco, a la hora de comer se harta de cosas ricas. Y, en total, ¿qué es lo que hace ese chucho de nada? Pues, eso mismo, nada. Al fin y al cabo, lo único que sabe hacer es dar la pata a los amos y lamerles la mano.

Tras un rato de reflexión, prosiguió su monólogo:

–Bien, pues, si quiero que me den el mismo trato que a él, lo mejor es imitarlo. Sí, ya está: haré lo mismo que él, porque, además, está chupado.

Satisfecho con la idea, se propuso ponerla en práctica tan pronto como se le presentase la ocasión.

Unos días después, estaba el amo de buen humor y se acercó al asno; éste, pensando que era el momento oportuno, levantó una pezuñota sucia, llena de barro y estiércol, y le acarició la cara. Para rematar, se le ocurrió soltar un rebuzno tan sonoro que, según dicen, se oyó más allá de los sembrados, de la viña, del arroyo, del torrente y del cañaveral.

Al borrico le salió el tiro por la culata, porque, en vez del resultado que esperaba, el amo montó en cólera y se fue a buscar una vara de fresno.

–¿Qué te has creído, so burro? –gritaba, indignadísimo–. ¡Vas a saber tú lo que es bueno! ¡Te voy a dar jarabe de palo!

El asno comprendió entonces que había metido la pata hasta el corvejón y que su genial idea no podía haber sido peor. Sin pérdida de tiempo, puso pies en polvorosa y se refugió en su sitio de siempre, en el rincón más oscuro del establo. Resignado con su suerte, se hizo el firme propósito de no volver a intentar cambiarla imitando comportamientos impropios de su raza y condición.

Las ranas que pidieron rey

Esto era una tribu de ranas que vivía tranquilamente en una charca situada entre el barranco de los Sauces y el torrente de la Colada. Hacía mucho tiempo que vivían allí en régimen democrático, el menos malo, a decir de los políticos.

Un buen día, vaya usted a saber por qué, se cansaron de ser demócratas. Bien, también se dice que, a la larga, todo cansa, incluso las cosas buenas, aunque eso es bastante discutible. Sea como fuere, el caso es que las ranas pidieron al dios Júpiter, el más poderoso de todos los dioses y diosas del Olimpo, que les mandase un rey, un monarca autoritario, un soberano que reinase y gobernase, pues eso era lo que querían tener.

Al principio, Júpiter les hizo caso omiso, porque tenía otros quebraderos de cabeza, pero las ranas insistieron tanto que, por último, y aunque sólo fuera por que se callasen de una vez, el gran dios les mandó un pasmarote de madera torneada, pintado de colores chillones, que representaba a un rey con corona y todo. Con un ¡patachof! espectacular, el pedazo de leño fue a caer en medio de la charca..., ¡y menudo susto se llevó la panda de batracios que lo había pedido!

Muertas de miedo y a toda la velocidad que les permitían las ancas, las ranas saltaron a esconderse por los alrededores de la charca, detrás de los juncos, debajo de los nenúfares y entre las piedras, y se quedaron encogidas, cada cual en su escondite, sin atreverse a respirar siquiera. El rey de madera, que no era más que un muñecote totalmente inofensivo, se quedó solo, flotando en medio del agua. Ninguna rana se atrevió a acercase a saludarlo y a darle la bienvenida.

Al cabo de un buen rato, al ver que el leño no se movía ni daba señales de hostilidad, una rana se atrevió a salir de su escondite y, poquito a poco, cautelosamente, empezó a aproximarse al recién llegado. Luego salieron dos más y, como el buen rey seguía sin dar señales de vida ni de malas intenciones, al final todas asomaron la cabeza y se fueron acercando al muñeco.

–No muerde –dijo una rana.

–No pica –añadió otra.

–No araña –remarcó otra más.

Así era, en efecto, de modo que las ranas perdieron el miedo e hicieron corro alrededor del rey. Al cabo de un rato, incluso se subieron dos o tres a la corona y se quedaron allí tan tranquilas tomando el sol.

Y, así, pasaron una buena temporada, contentas y satisfechas con el monarca tan bondadoso que les había mandado Júpiter, un rey que nunca dictaba leyes ni obligaba a pagar impuestos ni encarcelaba a nadie. De todas maneras, también del monarca se hartaron, porque era muy soso y no tenía misterio ni se movía.

Así pues, hicieron lo mismo que antes: importunaron

de nuevo al dios Júpiter croando estridentemente todas a una; le pidieron otro rey más animado, más espabilado y despierto, que no tuviese un pelo de tonto y, sobre todo, que les diese conversación. Al principio, tampoco esta vez les hizo caso el dios, porque tenía sus propios problemas y asuntos que resolver; pero, finalmente, pasó lo mismo que la anterior y, para que se callasen de una vez, les mandó una grulla enorme, un pajarraco de patas larguísimas, alas inmensas, pescuezo retorcido como una serpiente y, lo más terrible: un pico puntiagudo y afilado como un espadín.

La grulla llegó a la charca en ayunas y, sin dar siquiera los buenos días, se puso a cazar ranas con su infalible pico y a zampárselas sin contemplaciones, muy agradecida y satisfecha por la gran oportunidad que le había concedido el dios Júpiter. ¡Ahora sí que tenían motivo de preocupación esas ranas tan caprichosas! Procuraban esconderse lo mejor posible, pero la grulla las perseguía sin piedad y no descansó hasta que se hubo llenado la tripa a base de bien... Hasta el día siguiente, en que de nuevo el ave no paró hasta que se hubo hartado de ranas. ¡Y, así, todos los días, uno detrás de otro!

Las antojadizas ranas empezaron a echar de menos al rey anterior, el inofensivo fantoche de madera pintada, y vivían con el corazón en un puño, hasta que, nuevamente, tomaron la decisión de dirigirse al dios Júpiter y le pidieron que les mandase un rey menos tragón o les devolviese su antiguo régimen democrático.

–¡Es que no sabéis lo que queréis! –les dijo el dios severamente–. No pienso complaceros más, porque la desgracia os la habéis traído vosotras solas, que no supisteis apreciar lo que teníais de bueno y quisisteis cambiarlo por otra cosa. ¡Así aprenderéis a valorar justamente lo que tenéis!

El asno que acarreaba sal

Algunas veces, por creernos mejores que nadie y pasarnos de listos, nos llevamos los mayores chascos, como veremos a continuación.

Érase una vez un asno que acarreaba un par de sacas de sal. Como pesaban lo suyo, el borrico avanzaba a trancas y barrancas.

En el camino, tuvo que cruzar un riachuelo que venía bastante crecido y, en medio del vado, el animal resbaló y se cayó al agua. Tardó un poco en salir de allí, pero se llevó la agradable sorpresa de comprobar que se le había aligerado mucho la carga.

Así era, en efecto, porque el agua había disuelto una buena parte de la sal que transportaba, pero el asno no lo sabía y lo único que pensó fue que, para otra vez, lo tendría en cuenta.

Unos días más tarde, iba por el mismo camino con las albardas llenas de esponjas y, al llegar al riachuelo, fingiendo que resbalaba, se dejó caer a posta en medio del vado.

Se quedó allí un buen rato pensando que el agua le aligeraría la carga, pero, naturalmente, esta vez sucedió lo contrario: las esponjas absorbieron tanto líquido que pesaban el triple. ¡Y lo que sudó el pobre animal para llegar a su destino aquel día!

Por descontado, el asno no entendió por qué había pasado todo, pero pensó que no volvería a probar nada parecido y, desde entonces, nunca más volvió a hacerse el listo.

El lobo y la oveja

Una vez, un lobo que no había podido cazar ningún animal en el monte y tenía un hambre canina, por probar suerte, se aventuró a bajar al pueblo. Y la tuvo, porque, a medio camino, vio una ovejita que, trisca, triscando, se había alejado un buen trecho del aprisco. El lobo pensó que, aunque fuese cuaresma, él no ayunaría.

La oveja también vio al lobo y, desesperada por salvar el pellejo, echó a correr hacia el aprisco, pero era inútil: enseguida entendió que el lobo era mucho más veloz y que no le daría tiempo de ponerse a cubierto.

Entonces, pensando que si quería salvarse habría de intentarlo de otra manera, se detuvo a esperar al lobo y, cuando éste llegó, le dijo, más o menos, lo siguiente:

–Señor lobo, ya he visto que corre usted más que yo y que no tengo más remedio que resignarme a ser su almuerzo. ¡Qué se le va hacer, si las cosas funcionan así! Sin embargo, quisiera pedirle un favor, como la última voluntad de los condenados a muerte, y espero que no me lo niegue. Quisiera que tocase usted un poco la flauta dulce, que me alegraría estos últimos y tristes momentos; así, yo bailaría y, luego, a usted le sentaría mejor el almuerzo.

El lobo accedió, quién sabe si por afición a la música o

porque le pareció que un poco de alegría sería un buen aperitivo.

–De acuerdo –le dijo a la oveja–, pero sólo un poquito, ¿eh?

Dicho y hecho. El lobo cogió la flauta, empezó a tocar una alegre contradanza de ritmo vivo y la oveja se puso a bailar animadamente y, tal como tenía pensado, fue acercándose al aprisco sin dejar de bailar.

Por fin, la avistaron los mastines que guardaban el rebaño y, enfurecidos a más no poder, emprendieron la carrera hacia el lobo, que seguía tocando la flauta tan contento. Sin embargo, en cuanto los vio venir, no lo dudó ni un instante: soltó la flauta y salió como una exhalación hacia el bosque de la montaña; no tardó nada en ponerse fuera del alcance de los terribles caninos de los mastines. Aquel día, por su buena fe, se quedó sin almorzar..., aunque, podía haber sido peor.

La oveja, por su parte, siguió bailando un ratito, aunque sin necesidad de flauta ni de flautín, de la alegría que tenía por haberse librado de una muerte muy dolorosa.

El león que se hizo viejo

Un león ferocísimo y cruel, un verdadero rey de los animales que, durante mucho tiempo, había sido el terror de la selva, de quien huían todos como alma que lleva el diablo, se hizo viejo, perdió toda la fuerza y la energía de la juventud y apenas se tenía en pie.

Y sucedió lo inevitable: al verlo tan achacoso y desvalido, tan castigado por el paso del tiempo, casi hecho un inválido que no podía andar, los animales, que hasta entonces habían sido sus obedientes súbditos, se revelaron contra él y empezaron a darle el peor trato posible.

El primero de todos fue un caballo: se le acercó como quien no quiere la cosa y, levantando una pata de atrás le soltó tal coz que le rompió un par de costillas.

Después se acercó un lobo de caninos afiladísimos; se los clavó en una pata con todas sus fuerzas y allí le dejó la marca.

El siguiente fue un buey muy fornido que tenía un par de cuernos largos y puntiagudos y, de un solo cabezazo, mandó al león a seis metros de distancia.

El león no podía hacer otra cosa que soportar con paciencia y amarga resignación el despiadado maltrato de sus antiguos vasallos; pero, sin olvidar su dignidad real, se abstuvo de quejarse y lamentarse, porque los reyes no se quejan ni lloran.

Sin embargo, al ver que el siguiente era un asno, un borrico de orejas largas que se acercaba dispuesto a tomarse la revancha, como los anteriores animales, ya no pudo más y, con gran amargura, se lamentó:

–¡Ay! ¡Esto ya es el colmo, de verdad! –exclamó–. Estoy dispuesto a morir, porque no me queda otro remedio, pero tener que aguantar la ofensa de un animalejo como ése..., ¡es morir dos veces!

La mona y el delfín

Hace tropecientos mil años, en los tiempos de la antigua Grecia, viajaba a bordo de una nave –que había zarpado del puerto de Atenas con rumbo a Egipto– un puñado de monas.

Pocos días después de haberse hecho a la mar se desencadenó un temporal terrible. Un viento huracanado levantaba olas altísimas y zarandeaba la nave como si fuese una cáscara de nuez a la deriva, hasta que la tripulación perdió el control y la embarcación se fue a pique sin remedio. Todos los marineros habrían muerto ahogados, de no haber sido por un delfín muy valiente y bondadoso que, al ver el desastre, se compadeció de los hombres. Fue llevándolos de uno en uno, en su lomo, hasta las playas de un islote cercano y, de esa forma, logró salvar a unos cuantos. Los navegantes del mundo saben que, desde tiempos inmemoriales, los delfines son buenos amigos de los hombres y han sabido manifestarlo a menudo en casos de necesidad y de peligro, que es cuando se demuestra la verdadera amistad.

Sin embargo, en esa ocasión, y debido al desconcierto que suele rodear circunstancias tan trágicas, el delfín confundió con un hombre a una de las monas viajeras y, con toda su buena intención, quiso salvarla del naufragio.

–Siéntate en mi lomo, que te llevo hasta la playa –le dijo el delfín.

La mona, que ya se veía en el fondo del mar, en compañía de los peces por los siglos de los siglos, obedeció inmediatamente sin hacerse de rogar.

De camino a la playa del islote, el delfín le preguntó si era ciudadana de Atenas, una de las metrópolis más famosas de su época.

–No lo dudes –respondió la mona–, soy ateniense de toda la vida y pertenezco a una de las familias más ilustres y conocidas de la ciudad. En Atenas, prácticamente me conoce todo el mundo, y en las últimas elecciones a la asamblea del pueblo saqué más votos que nadie.

Al delfín le impresionó mucho estar salvando de la muerte a un personaje tan importante, y siguió haciéndole preguntas.

–¿Y el Pireo, qué tal? ¡Supongo que también con el Pireo tendrás buenas relaciones.

Como es bien sabido, el Pireo es el puerto de la ciudad de Atenas, pero la mona no era más que un animal ignorante y, como no sabía a qué se refería el delfín, pensó que se trataba de un personaje famoso y, sin cortarse un pelo, le respondió:

–¿El Pireo, dices? Sí, claro, tenemos buenas relaciones, somos amigos íntimos, estudiamos juntos y hasta estamos emparentados por parte de madre. Quedamos para cenar cada dos por tres y tenemos fama de inseparables. ¡Lo que podríamos contar el uno del otro! Si alguna vez necesitas algo de él y se lo pido yo, te garantizo que, con mi recomendación, te lo concede inmediatamente.

Al oír hablar así de un puerto de mar, el delfín se echó a reír y, lógicamente, se fijó mejor en el pasajero que llevaba en el lomo. Al darse cuenta de que no era una persona, sino una mona –animal que no le inspiraba ninguna simpatía–, dio una fuerte sacudida y la tiró al agua. Acto seguido, se dirigió de nuevo a la nave naufragada, a ver si podía salvar a algún marinero más.

El perro y el cocodrilo

Además de una pérdida de tiempo, los consejos dictados por las malas intenciones suelen ser motivo de vergüenza para quien los da.

Se dice, porque se considera cierto, que, en Egipto, los perros abrevan en las orillas del río Nilo sin dejar de correr, para evitar que los atrapen los voraces cocodrilos.

Un día, un perro se acercó a beber al Nilo y, efectivamente, no se detuvo en la orilla ni un segundo. Entonces, un cocodrilo que descansaba cerca de allí le dijo:

–Si corres tanto por mi causa, no te esfuerces, porque no tengo intención de hacerte nada. Bebe tranquilo, sin correr, porque no voy a atacarte.

El perro, que era prudente, sin dejar de moverse ni un momento, le respondió lo siguiente:

–Si no conociese las malas intenciones que tienes, te haría caso enseguida, pero resulta que te conozco y sé que me merendarías sin contemplaciones, conque no voy a seguir el consejo malintencionado que me das, porque sería mi perdición.

La liebre y la hiena

Érase una vez una liebre que, además de velocísima, como todas las de su especie, era listísima y, sobre todo, malintencionada como pocas.

Un buen día, fue a buscar a una hiena con la que tenía cierta amistad y le dijo:

–Amiga hiena, acabo de ver muy cerca de aquí a dos cervatillos tiernos y rellenitos. ¡Qué atracón podríamos darnos tú y yo con ellos! ¿No te parece?

–¿Dónde están? –preguntó la hiena, con el hocico tembloroso de emoción.

–Si vienes conmigo, con mucho gusto te enseño dónde están –dijo la liebre.

La hiena, que estaba pasando unos días de ayuno forzoso, la siguió, deslumbrada por la idea de un desayuno tan sabroso como inesperado. Tan enceguecida iba que no se dio cuenta de que los dos cachorritos que la malintencionada liebre le enseñó no eran cervatillos, ¡sino cachorros de león!

–¡Ahí los tienes! ¿Qué te parecen, eh? –dijo la liebre–. Mira, hagamos lo siguiente, tú te comes el más gordito y yo me conformo con el otro.

A la hiena le pareció de perlas, conque agarró al cachorro más gordito y se lo llevó. Se había alejado ya un poco, cuando la liebre le dijo a gritos:

–¡Amiga hiena! ¡Oye, que mi cervatillo pesa mucho, así es que lo mato y me lo como aquí mismo!

Al momento se puso a armar un jaleo de mil diablos, como si lo estuviese matando de verdad, para que la hiena se lo creyera, pero, después, se llevó al cachorro con su madre, una leona que tomaba el fresco tranquilamente a la sombra de una palmera.

–Amiga leona –le dijo la liebre–, he encontrado a tu hijo y te lo he traído cuanto antes, por si se perdía.

–Te lo agradezco de todo corazón –respondió la leona–, pero es que tengo dos. ¿Dónde está el otro?

–Me parece que, si no yerro, se lo ha llevado la hiena –dijo la liebre con toda la mala intención.

La leona no necesitó oír más. Hecha una furia, se levantó de un salto y echó a correr hacia donde estaba la hiena, la cual, como tenía hambre atrasada, había matado al cachorro y acababa de darle el primer mordisco. Sin embargo, ni ese primer bocado le aprovechó, porque, al ver a la leona corriendo directa hacia ella, tan rabiosa que echaba fuego por los ojos, se dio cuenta de su error fatal e intentó huir a la carrera..., pero fue inútil, porque la leona, de un mordisco brutal en el gaznate, la dejó seca en el acto.

¿Y la liebre? Pues..., todavía debe de estar corriendo y riéndose a mandíbula batiente.

Las dos cabras

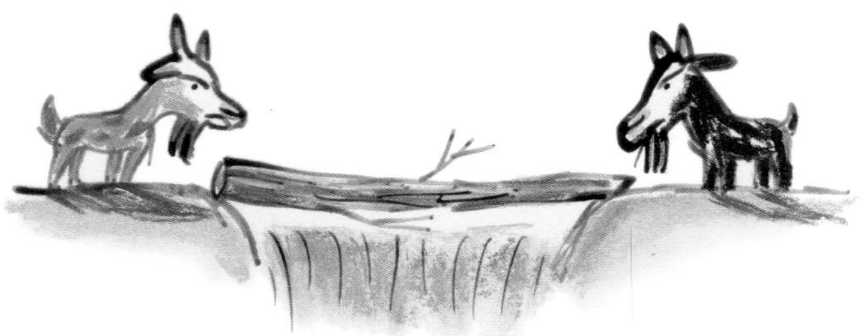

Resulta que las cabras, cuando terminan de pastar, sienten deseos de libertad, de correr y de ver mundo, y por eso se desperdigan por los caminos como si fuesen a cazar fortuna y emprenden largos viajes en busca de pastos deshabitados y solitarios a donde no llegan los hombres. Se alejan con la esperanza de encontrar parajes sin caminos ni senderos, cimas muy altas, rodeadas de precipicios y despeñaderos, y crestas aserradas de difícil acceso, donde dar rienda suelta a su habilidad y lucir su destreza. Así pues, es posible afirmar sin titubeos que no hay dificultad en el mundo capaz de parar los pies (o las patas) a estos animales tan aventureros y escaladores.

Se sabe a ciencia cierta que existieron dos cabras de ésas, muy lanzadas, por no decir cabras locas, que, cada una por su lado y sin saber nada la una de la otra, abandonaron los prados floridos, cuajados de gencianas, arándanos y correhuelas, y empezaron a subir por la montaña, por las pendientes más inclinadas y escabrosas, impulsadas por el afán de no obedecer sino a su propio capricho, aun cuando los caprichos de estos animales son más caprichosos que los del resto.

Quiso la casualidad –que interviene en el mundo mucho más de lo que pensamos– que se encontrasen las dos frente a frente, cada una a un lado de un torrente que se despeñaba, furioso y ensordecedor, montaña abajo. Era el producto del deshielo, porque era primavera. Un tronco de árbol hacía de puente entre ambas márgenes, pero era tan estrecho que, la verdad, daba miedo. No habrían podido pasar por allí al mismo tiempo, una en cada sentido, ni dos comadrejas.

Sin embargo, una cosa son las comadrejas, tan astutas y prudentes, y otra las cabras, tan altivas y tozudas y, claro, estas nuestras levantaron la cabeza y, con una mirada pétrea y agresiva y una actitud tenaz que no habrían depuesto ante obispos ni papas, ni reyes ni marqueses, ni ante el general más encumbrado, echaron a andar por el tronco paso a paso, con total seguridad, sin perderse de vista la una a la otra; cuando llegaron a la mitad del puente, se detuvieron. Se jugaban el honor de la familia, el prestigio del linaje, la fama de la estirpe, una estirpe que, cada una por su parte e indiscutiblemente, consideraba la más ilustre, la de antepasados más gloriosos en la larga historia de las cabras. Entonces, puesto que ninguna de las dos estaba dispuesta a retroceder, entablaron combate inmediatamente, una pelea encarnizada de cabezazos y cornadas. Lógicamente, no duró mucho, habida cuenta de lo estrecha que era la pasadera: se cayeron las dos al agua y..., se las llevó río abajo la fuerza de la corriente. Y éste es el final de la historia, que demuestra las sabias palabras del poeta: «Todo necio confunde valor y precio.»

La zorra y las uvas

Una zorra bajó del monte, porque hacía ya muchos días que no probaba bocado. No encontraba absolutamente nada que llevarse a la boca, pues, por lo visto, los animales de los alrededores la habían calado a la perfección, sabían de qué pie cojeaba y, tan pronto como la olían, se ponían a cubierto.

–¡Largo, colegas, que viene la zorra! –gritaban los conejos, y corrían todos a esconderse en su madriguera.

–¡Agua, agua, que se acerca la raposa! –anunciaban las liebres, y desaparecían a toda velocidad.

–¡Atención, camaradas! ¡Vulpeja a la vista! –chillaban las ardillas, y acto seguido se encaramaban a las ramas más altas de los pinos.

Claro, así no había manera de que la zorra cazase algo con que matar el hambre o, por el menos, el gusanillo. Tal vez en el pueblo, donde no la conocían tanto, tuviese mejor suerte.

Y, mira por dónde, el hambriento animal pasó un recodo en el que crecía una parra muy retorcida, con muchos sarmientos que trepaban hacia lo alto, y de uno de ellos colgaba un racimo que daba gusto verlo. ¡Eso sí que eran uvas! Seguro que eran de moscatel, aunque muchos dicen que no, que eran malvasía o, tal vez, prieto picudo, o incluso verdejo, a decir de los más entendidos.

El caso es que a la zorra no le importaba nada la clase de uva que fuese o dejase de ser, y aunque no solía comer fruta, le pareció que ese racimo le vendría como anillo al dedo, conque, de un salto, intentó cogerlo con los dientes. No lo consiguió, porque estaba muy alto, y lo intentó tres veces más, pero fue en balde. No había nada que hacer, no valía la pena perder más tiempo ni seguir esforzándose en vano.

–¡Bah! –exclamó entonces–. Bien mirado, esas uvas están verdes y, si me las comiese, me sentarían como un tiro.

Tras la profunda reflexión, dio media vuelta y se alejó briosamente.

Es un caso que sucede a menudo: cuando una persona desea algo, pero no puede conseguirlo, se consuela quitándole importancia.

El gato y los dos gorriones

Un gato y un gorrión se habían criado juntos desde la más tierna infancia y se querían como hermanos. La cesta del felino estaba al lado de la jaula del pájaro, y los animalillos no paraban de jugar uno con otro: el gato, con su suave patita y sin sacar nunca las uñas, hacía carantoñas al gorrión y éste le correspondía con toques de pico. Así pasaban el tiempo, en paz y armonía.

El gato siempre ponía mucho empeño en no hacer daño a su amigo, cuando le daba golpecitos cariñosos con la pata. En cambio, el gorrión no era tan considerado, y a veces le picoteaba un poco más fuerte de lo debido, pero el gato se lo tomaba exactamente como una persona mayor: no daba importancia a los golpes de su pequeño amigo, aunque a veces le dolieran un poco.

Un buen día, otro gorrión, que vivía enfrente, se acercó a saludar a su primo y a charlar un poco, cosa siempre distraída y enriquecedora. No le daba miedo el gato, porque lo había observado y sabía que era completamente inofensivo, puesto que convivía desde siempre con el otro gorrión y lo respetaba plenamente.

La conversación entre los dos pájaros debió de ser muy animada, demasiado, incluso, porque llegó un momento en que el visitante se enfadó, no se sabe por qué, y empezó a insultar a su primo y le dijo palabras muy duras, graves y ofensivas. Parece mentira que un gorrioncito de nada pueda llegar a enfadarse tantísimo.

Por desgracia, no tuvo en cuenta la presencia del minino y sucedió lo que era inevitable: el gato, al ver la desconsideración y la impertinencia del gorrión forastero, salió en defensa de su amigo y, ni corto ni perezoso, lo mató de un zarpazo. Naturalmente, una vez muerto el pajarillo, se lo zampó de dos bocados.

–¡Huy, qué sabroso, el gorrión! –se dijo, relamiéndose los bigotes–. No me imaginaba que fuese tan exquisito.

Al cabo de un momento añadió:

–Pensándolo bien, ahora que me he zampado uno, puedo hacer lo mismo con el otro, que tendrá un sabor muy parecido.

Y, efectivamente, se lo comió sin el menor titubeo.

Hay que reconocer que, tarde o temprano, las amistades antinaturales acaban mal.

El perro, el gallo y la zorra

Había una vez un perro y un gallo que se hicieron muy amigos y emprendieron viaje juntos, porque, por lo visto, tenían ganas de trotar por el mundo y, si era posible, hacer fortuna.

Al caer la noche, llegaron a un paraje boscoso, cubierto de pinos, encinas y robles. El gallo se encaramó en lo alto de un árbol y, muy satisfecho, se acomodó entre dos ramas. El perro, como no tenía alas, se hizo un hueco a modo de gruta al pie del mismo árbol, se metió dentro y se tumbó cómodamente.

A primerísima hora del día siguiente, al rayar el alba, el gallo se puso a cantar para despertar a todo el mundo con su sonoro quiquiriquí, según la antigua y arraigada costumbre de esas aves tan madrugadoras.

Al mismo tiempo, una zorra que rondaba por las cercanías se dijo que el distinguido dueño de tan espléndida voz podía ser un desayuno pasable y, si conseguía empezar el día con la barriga llena, tanto mejor; ya pensaría más tarde en el almuerzo.

Así pues, se dirigió hacia el lugar de donde procedía el quiquiriquí, se detuvo al pie del árbol y dijo al gallo:

–Desde luego, cualquier árbol se enorgullecería de tener

entre sus ramas un ave como tú. No me extraña que los hombres te aprecien tanto. Yo también sé cantar, aunque no tan bien como tú, creo yo. ¡Anda, baja! Vamos a cantar juntos, ya verás qué dúo tan fabuloso nos montamos.

El gallo, que no se chupaba el dedo y conocía las intenciones de la zorra, le respondió lo siguiente:

–Con mucho gusto, amiga zorra, pero, de paso, avisa al guarda del distrito, haz el favor, que está durmiendo al pie del árbol, en un hueco del tronco. ¡Ya verás qué trío formamos!

Inexplicablemente, la zorra se olvidó de su astucia y se puso a arañar el pie del árbol. Con el ruido, el perro se despertó, salió de su guarida y, abalanzándose contra ella, la mató allí mismo y la devoró.

Las ratas y las comadrejas

Desde tiempos inmemoriales, había entre las ratas y las comadrejas una enemistad acérrima y encarnizada que las llevaba a enfrentarse en tremendas batallas campales; todas ellas han pasado a la historia e incluso han inspirado a algunos dibujantes y pintores ilustres. A pesar de que las comadrejas no eran tan fornidas como sus enemigas, siempre ganaban las batallas, porque la madre naturaleza las había provisto de unas defensas más eficaces que las de las ratas: unos caninos tremendos, agudísimos y afilados como si acabaran de pasar por la piedra del amolador.

Hartas ya las ratas de tanto perder, celebraron un día una asamblea magna por ver si descubrían el motivo y, con él, el remedio de sus continuas derrotas contra las comadrejas. Después de mucho hablar y mucho escuchar toda clase de opiniones estrafalarias y fantásticas, llegaron a la conclusión de que siempre las derrotaban porque iban al combate sin comandantes ni guías, sin generales que hubiesen previsto un plan de batalla y sin capitanes que atacasen al frente de las tropas. Les costó lo suyo, pero, finalmente, averiguaron lo que se habían propuesto.

Lógicamente, el siguiente paso fue designar las ratas que debían tomar el mando en función de generales y capitanes de las huestes. Eso fue fácil. A continuación, se les ocurrió que las mandamases debían distinguirse de alguna manera de los soldados rasos, y para ello, confeccionaron unos cascos metálicos provistos de vistosos cuernos, como los de los legendarios vikingos, los belicosos guerreros norteños de la antigüedad. La verdad es que producían un efecto imponente.

A pesar de los esfuerzos de las flamantes dirigentes recién estrenadas, en la siguiente batalla, las ratas volvieron a perder bajo los terribles caninos de sus enemigas y hubieron de huir a la desbandada. ¡Qué manera de correr cada cual a su ratonera! ¡Aquello fue un espectáculo digno de admirar! Sin embargo, las que habían aceptado el nombramiento de general o capitán no pudieron guarecerse, porque el casco de estilo vikingo les impidió pasar por la puerta de su casa y, así, las comadrejas las atraparon con toda facilidad, las degollaron y se las zamparon. Fue un ejemplo más de las desgracias que acarrea el pretender distinguirse de los demás.

El mono y el cocodrilo

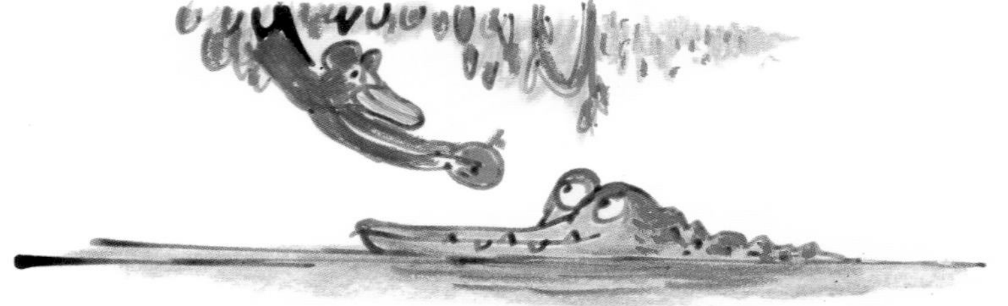

Érase una vez un mono que se hizo muy amigo de un cocodrilo. El mono vivía en un árbol que daba mucha fruta y muy buena sombra, y el cocodrilo solía pasar allí largos ratos tomando el fresco. El mono, que era muy hospitalario, le ofrecía fruta del árbol, madura, jugosa y dulce, y el cocodrilo se la comía con mucho gusto e incluso (como era casado y sabía que los matrimonios deben compartirlo todo, lo bueno y lo malo) le llevaba algunas piezas a su mujer.

Un día, la mujer del cocodrilo le dijo:

–¿No es verdad que de lo que se come se cría? Pues ese mono que te regala fruta tan exquisita debe de saber a gloria. ¿Por qué no lo matas y me traes su corazón para comérmelo? Me harías inmensamente feliz.

Al cocodrilo se le pusieron las escamas de punta.

–¿Cómo me pides que lo mate, con lo buen amigo que es y tan generoso y buen conversador? –replicó el pobre animal, horrorizado–. ¡Quítate esa idea de la cabeza y átatela a la cola, por favor!

–¡Ay! ¡Tú no me quieres! –contestó ella gimoteando–. Para una vez que te pido una cosa, me la niegas. ¡Quién iba a decírmelo a mí!

Y se enfurruñó toda.

Pero no acabó ahí el asunto: la mujer siguió insistiendo un día sí y otro también, derramando abundantes lágrimas de cocodrilo y poniendo morros y malas caras a todas horas. Al final, el marido ya no pudo más y, rogándole que dejase de llorar, prometió llevarle el corazón de su amigo para que se lo comiera.

Al día siguiente, el cocodrilo dijo al mono que su mujer, agradecida por la fruta que les regalaba, tenía muchas ganas de recibirlo en su casa, porque deseaba conocerlo personalmente.

–A mí también me gustaría conocerla –dijo el mono muy ufano–, pero, claro, vosotros vivís en la otra orilla del lago y yo no sé nadar. ¿Por qué no viene ella aquí y lo celebramos?

–Es que a ella le hace mucha ilusión que vayas a casa –contestó el cocodrilo–. Mira, vamos a hacer una cosa: como no pesas mucho, te sientas en mi espalda, como si fueras a caballo, y yo te llevo hasta mi casa.

Casi no había terminado de darle explicaciones, cuando el mono ya se había montado encima de él.

–¡Adelante! –exclamó, muy contento.

Y, así, el cocodrilo se echó al agua y empezó a cruzar el lago. Sin embargo, al llegar a la mitad del camino, como sabía que el mono ya no podía escaparse, le confesó toda la verdad.

–¡Qué lástima que no me lo hayas dicho antes! –contestó el mono–. Porque estamos haciendo el viaje en balde. No tenías por qué saberlo, claro, pero es que yo nunca viajo con el corazón puesto. Lo tengo muy delicado y prefiero que no se me estropee por el camino.

El cocodrilo se lo creyó a pie juntillas.

–¡Ah! ¿Y dónde lo has dejado? –le preguntó.

–A buen recaudo, en una rama de mi árbol –replicó el mono–. ¿Qué te parece si damos media vuelta y subo a buscarlo? Luego me lo pongo y vamos a tu casa, donde nos espera tu dulce esposa.

Al cocodrilo le pareció de perlas la buena disposición de su amigo, conque dio media vuelta y deshizo el camino hasta el árbol del mono. Tan pronto como tocaron tierra, el mono, más listo que el hambre, dio un salto, se subió a la rama más alta del árbol y no volvió a bajar. El cocodrilo, cansado de esperarlo al pie, se impacientó y le dijo:

–¡Baja de una vez, que es para hoy!

–¡Calla, traidor! Eres un mal amigo –contestó el mono–. Querías matarme, ¡a mí, que siempre te regalo fruta! Y encima eres un ignorante, porque te has creído que podía sacarme el corazón y dejarlo aquí en el árbol.

Entonces, el cocodrilo se dio cuenta de que el mono, más listo que él, lo había engañado, pero aun así, intentó arreglarlo.

–¡Anda, hombre, no te pongas así, que no era más que una broma! ¿Cómo puedes creer que fuera a matarte yo, si somos tan amigos? ¡Hala, baja sin miedo! Te prometo que no te haré nada y que iremos a ver a mi mujer, que te recibirá con los brazos abiertos.

Sin embargo, el mono no se dejó engañar por segunda vez y, con muy malas palabras, mandó al cocodrilo a freír espárragos.

–De ahora en adelante, si quieres comer fruta, te vas a comprarla al mercado. Dicen que ahora está muy barata.

El cocodrilo no tuvo más remedio que marcharse a su casa con el rabo entre las patas. Cuando llegó, le contó todo a su mujer y, al parecer, ella le molió la espalda con el sacudidor, por tonto.

El asno, el gallo y el león

Un asno bastante burro y un gallo muy escandaloso vivían en el mismo establo de una casa que se encontraba a las afueras de un pueblo.

Un día pasó por allí un león que hacía mucho que no probaba bocado y, lógicamente, no tenía más que una idea en la cabeza: comer algo. Al ver al asno en el establo, pensó que podría servirle para darse un buen festín y, muy decidido, entró con el firme propósito de matarlo y devorarlo allí mismo.

Al oír al león, el gallo, que siempre estaba encaramado a un palo que había en una esquina, se puso a cantar un espléndido repertorio de sus más sonoros y estridentes quiquiriquíes.

Se dice que cuando el gallo canta, hasta el más fiero león se espanta. Sería porque le puso los nervios de punta, pero el caso es que, al oír tanta estridencia, el león se asustó muchísimo, se le olvidaron los filetes de asno y huyó como alma que lleva el diablo.

Cuando el asno, que era un pobre infeliz, vio salir despavorido al león, creyó que lo había espantando él y, envalentonado, echó a correr tras él. ¡En mala hora! Porque, tan pronto como se hubo alejado un trecho, el león se dio cuenta de quién era su perseguidor y se detuvo a esperarlo. En el momento justo, se le echó encima, lo mató y lo devoró sin contemplaciones.

Así suele suceder: quien se enfrenta a un peligro sin conocer sus propias fuerzas, paga cara la imprudencia.

El atún y el tiburón

Un vez, un tiburón terrorífico perseguía a un infeliz atún con la boca abierta de par en par, enseñando su afiladísima dentadura. Evidentemente, pretendía comérselo vivito y coleando.

El atún huía nadando a la desesperada, a ver si lograba burlar al feroz e implacable depredador, pero armaba tanto jaleo que prácticamente iba como ciego, hasta el punto de que, sin darse cuenta, con el impulso que llevaba, se lanzó a la playa.

¡Ahora sí que estaba perdido! Ya podía ir despidiéndose de la vida.

Pero resulta que su perseguidor, el implacable tiburón de la dentadura afilada, preso del mismo furor, perdió también el control del espacio y fue a parar al mismo sitio que el atún, es decir, a las arenas de la playa, y no pudo moverse más.

En sus últimos momentos, el atún todavía tuvo fuerzas para volver la cabeza y, al ver al tiburón fuera de su elemento y agonizando desesperado, a punto de morir sin remedio, le dijo:

–Da mucha pena morirse, aunque todos sabemos que, tarde o temprano, ha de llegarnos la hora. Sin embargo, a mí no me entristece tanto como pensaba, porque veo que quien me ha causado la muerte muere a la vez que yo.

Por eso se dice, con bastante razón, que las desgracias se llevan mejor si podemos ver que sus causantes también son víctimas de la adversidad.

La golondrina y los estorninos

No hay nada que instruya tanto como viajar y ver mundo. En eso sí que todo el mundo está de acuerdo; de ello podía dar fe una golondrina que, a fuerza de viajar y recorrer muchos países, había adquirido tanta experiencia de la vida que, a lista, no la ganaba nadie.

A la vuelta de uno de sus viajes por el ancho mundo, quiso descansar una temporada y anidó bajo el alero de una casa de campo, una casona solariega que dominaba una gran extensión de bancales y campos de labor.

Un buen día, el labrador empezó a sembrar cáñamo en un par de bancales que había justo enfrente de la casa. La golondrina había trabado amistad con una bandada de estorninos que se reunía en aquel lugar y, al verlo, les dijo:

–Amigos, lo que acabo de ver podría tener graves consecuencias para vosotros, si no lo remediáis enseguida: no os durmáis en los laureles.

Los estorninos se quedaron mirándola con cara de estar en Babia.

–Sí, entendedme, debéis saber –prosiguió la golondrina– que, de todo este grano que ha esparcido el labrador en esos bancales, pronto saldrá algo que se convertirá en vuestra prisión, ¡conque espabilad si queréis seguir siendo libres! Haced lo que os digo sin perder un segundo: poneos a comer todas esas semillas hasta el último grano, aunque no os apetezca mucho.

Sin embargo, los estorninos tenían cerebro de estornino, nunca mejor dicho, y haciendo honor a su raza, se tomaron a broma todo lo que la golondrina les decía con tan buena intención y conocimiento de causa. Siguieron volando sin preocuparse, pendientes únicamente de los fantásticos efectos que producían sus fantásticas acrobacias y filigranas aéreas.

Después de unas lluvias abundantes, que dejaron las tierras en sazón, el cáñamo de los bancales empezó a verdear lozanamente y la golondrina, muy preocupada por lo que ya sabía que iba a suceder, advirtió una vez más a sus amigos:

–Compañeros, que esto va en serio, os lo aseguro. Si os ponéis inmediatamente, todavía estáis a tiempo, pero no podéis esperar más. Arrancad todos los brotes que verdean en los bancales hasta que no quede ni uno. Daos cuenta de que de ahí saldrán las redes con las que os han de atrapar sin contemplaciones.

Pero los estorninos, cada vez más juguetones y atolondrados con sus filigranas voladoras, volvieron a reírse de los sensatos consejos de la experimentada golondrina, e incluso los más desconsiderados y cortos de entendederas se permitieron algunos comentarios groseros.

Entretanto, el cáñamo siguió creciendo, hasta que maduró por completo y pasó lo que tenía que pasar: lo segaron e hicieron con él muchos manojos de lazos y redes, en las que fueron cayendo prisioneros todos los infelices estorninos que, hasta ese momento, se habían reído de las sabias recomendaciones de la golondrina y se habían negado a escucharla.

Unos días antes de que comenzase la captura de los atolondrados pajaritos, la golondrina había emprendido el vuelo, atraída una vez más por la llamada de los grandes horizontes.

Los dos gallos

Siempre se ha dicho que no puede haber gallinero con dos gallos, porque todos son muy galleadores, presumidos, dictadores de su ley y no soportan la competencia.

Sin embargo, eso fue lo que pasó en el corral del pazo de Irás y No Volverás, una casa de campo situada en plena sierra, junto a un bosque de encinas y robles. Una temporada, coincidieron allí dos gallos que se pasaban el día mirándose con recelo y haciéndose los chulos. Las gallinas, acongojadas por la inminente e inevitable pelea, no decían ni pío. Como es natural, cada una tenía sus preferencias, pero se guardaban muy mucho de manifestarlas, porque no podían saber cuál sería el vencedor de la batalla.

Tal como se esperaba, un mañana de primavera estalló la reyerta entre los dos rivales. Fue una lucha cruel, encarnizada y durísima, de agresiones asesinas con el pico y con los terribles espolones con los que la naturaleza ha dotado a los machos de la especie gallinácea.

El combate duró mucho tiempo e iba muy igualado, pero, al fin, uno de los contrincantes, el más fuerte y resistente, sometió al otro y lo dejó totalmente cosido de rasguños y heridas, tan ensangrentado que daba lástima. El infeliz perdedor, vencido, derrotado y humillado, se retiró al rincón más oscuro del gallinero, donde se quedó encogido sin decir ni pío. Todas las gallinas lo miraban con desdén y luego echaban a correr, ansiosas, a felicitar al vencedor.

Éste, hinchado de orgullo y satisfacción –aunque también había salido bastante maltrecho de la cruenta batalla–, presumía más que nunca y hacía ondear la cresta como si fuese una bandera. ¡Y todas las gallinas, como tontas detrás de él!

Tanto se le subieron los humos al gallo vencedor, que, para proclamar su victoria a los cuatro vientos, no se le ocurrió otra cosa que encaramarse a la rama de un roble que había cerca del gallinero y desde allí anunciar, con una serie de quiquiriquíes sonoros y altisonantes, que el intrépido e indiscutible vencedor de aquel combate singular, que sería recordado durante muchas generaciones, era él.

¡En mala hora! Porque resulta que un gavilán que volaba por aquellas tierras, siempre con los ojos bien abiertos, al acecho de cualquier cosa que se presentara u ofreciese, vio al gallo vencedor del combate presumiendo en lo alto de la rama. Cayó sobre él en picado, veloz como un rayo, y le arrancó de cuajo toda la presunción y la fanfarronería. En resumidas cuentas, que lo mató de un picotazo certero y se lo merendó allí mismo.

El otro gallo, el infeliz derrotado, cuando vio que su contrincante, su vencedor, había tenido aquel fin tan trágico –¡ay, qué triste, morirse por un despiste!–, salió del rincón e, hinchado como un globo, se puso a pasear, altivo y ufano, por el corral como si fuera el rey.

Y todas las gallinas, al verlo pasar, olvidaron el desprecio con que lo habían tratado hacía un instante y se lo comían con los ojos.

El gallo y la perla

Había una vez un gallo muy inteligente que tenía la costumbre de exponer sus reflexiones en voz alta y solía decir que ser ave de corral no era incompatible con ser pensador.

Un buen día, escarbando en un montón de basura, encontró una perla. Sí, en efecto, una perla reluciente como las de los collares y brazaletes que lucen las señoronas en las grandes ocasiones. Cómo aquella perla preciosa había ido a parar a la basura parece, en principio, algo increíble, pero como en este mundo hay personas muy distraídas que siempre están en Babia, la cosa ya no resulta tan misteriosa como podría parecer.

Tras mirar la perla con gran detenimiento, pero escaso entusiasmo, el gallo se dijo:

–No deberíamos morir nunca, pues cada día se aprende algo nuevo. ¡Quién iba a decir que encontraría una perla como tú entre desechos que, tarde o temprano, irán a parar al estercolero o al vertedero! Si las damas más elegantes y distinguidas del país te tuvieran, se pondrían la mar de contentas. ¡Anda que no se lucirían, con el brillo que tienes!

Hizo una pausa, miró a derecha e izquierda por si venía alguien, y prosiguió:

–En cambio yo, a decir verdad, habría preferido encontrar una lombriz gordita y jugosa. Quizá te sorprenda lo que digo, pero así es.

El gallo dejó la radiante y luminosa perla entre la porquería y se fue a hurgar a otro lado mientras murmuraba:

–¡Lástima de perla! ¡Para lo que me sirve a mí...!

El lobo, la zorra y la sentencia del mono

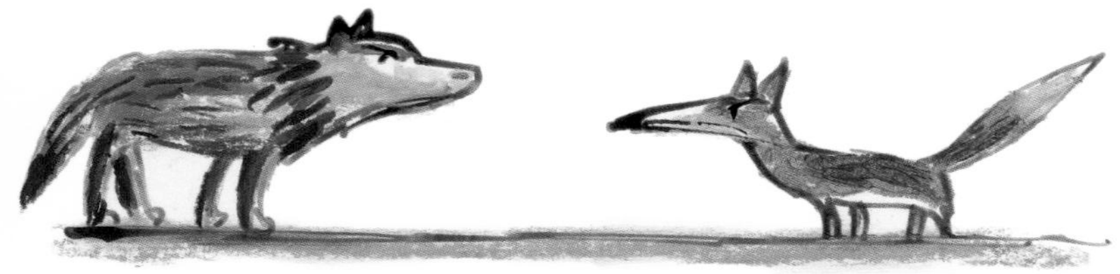

Tanto el lobo como la zorra se han ganado a pulso la fama de animales sin escrúpulos que sólo tienen en cuenta sus intereses y se desentienden completamente de las normas más elementales de honradez, buenas costumbres y convivencia civilizada.

Pues bien, un día, el lobo acusó a la zorra de haberle robado lo que le pertenecía a él por derecho.

–¡Ladrona, más que ladrona! –se desgañitaba el lobo, haciendo muchos aspavientos–. ¡Vergüenza tendría que darte ser tan ladrona!

La zorra se defendía como mejor podía.

–¿Yo? ¡Jamás he robado nada a nadie! –replicaba–. ¡Soy el animal más honrado de la Tierra! ¡Si todo el mundo fuese como yo, no pasarían las cosas que pasan ni harían falta jueces y cárceles!

Sin embargo, como el compadre lobo insistía en sus acusaciones, no hubo más remedio que llevar el caso a los tribunales de justicia.

El juez, un mono viejo y sabio, con mucha experiencia del mundo y de la vida, llevaba puesta una peluca a modo de distintivo de su sabiduría y autoridad y escuchó atentamente los argumentos de los dos litigantes: el lobo acusó a la zorra de ladrona y ésta se declaró tan honrada e inocente como un angelito del cielo.

Finalmente, el mono juez emitió un veredicto.

–Tú, lobo –dijo el magistrado–, eres culpable, porque parece imposible que te hayas dejado robar nada en tu vida. En cuanto a ti, zorra, también te declaro culpable, porque eres muy capaz de haber robado al lobo lo que te reclama y mil cosas más.

La alondra y sus polluelos

Érase una vez una alondra un tanto lenta que hizo su nido en un trigal bastante tarde, cuando las espigas empezaban a madurar. Y así, cuando el trigo maduró del todo, la nidada todavía era muy tierna y no podía volar. La recomendación más importante que la madre hacía a sus hijitos era que no se alejasen del nido. Por otra parte, estaba muy preocupada, porque los segadores llegarían en cualquier momento; por eso, todas las mañanas, cuando salía a buscar alimento, recordaba encarecidamente a los polluelos que no se moviesen de entre las espigas y que, si venía el labrador, prestasen mucha atención a cuanto éste dijese.

Efectivamente, una mañana pasaron por allí el labrador y su hijo para echar una ojeada al trigo y los polluelos oyeron decir al padre:

–Este trigo está en su punto, ha madurado muy bien. Podemos empezar la siega mañana mismo. ¿Sabes lo que vamos a hacer, hijo mío? Vamos a pedir a nuestros vecinos que vengan a ayudarnos.

Al oír esas palabras, los polluelos se echaron a temblar de miedo y, cuando regresó su madre con las provisiones del día, le contaron con pelos y señales todo lo que el labrador había dicho a su hijo. La alondra lo escuchó atentamente y les dijo:

–Todavía no tenéis de qué preocuparos, hijos míos. No temáis, que, de momento, no vendrán.

Al día siguiente, el labrador y su hijo volvieron al campo de trigo y los polluelos oyeron decir al padre:

–Como has podido comprobar, muchacho, los vecinos no han querido echarnos una mano, pero hoy mismo vamos a avisar a nuestros familiares y mañana empezamos la siega.

Los polluelos se alarmaron más que el día anterior, conque al volver su madre, muy alborotados, se lo contaron todo de pe a pa.

Una vez más, la alondra los tranquilizó:

–Dormid a pierna suelta, hijos míos, que mañana tampoco vendrán.

En efecto, al día siguiente los segadores no se presentaron; en cambio, el labrador y su hijo, sí, y los polluelos oyeron decir al padre:

–Ha llegado el momento de tomar una determinación, porque este trigo no puede esperar más. Está visto que ni los vecinos ni los familiares quieren echarnos una mano, conque ya sabes lo que nos espera: sudar la gota gorda nosotros dos solos. Afila las herramientas, hijo mío, porque este campo hay que segarlo mañana mismo, sin falta.

Cuando la alondra volvió al nido y los polluelos le contaron lo que habían oído, les dijo lo siguiente:

–Esta vez va en serio, hijitos. Tenemos que levantar el campamento ahora mismo y buscar otro sitio; de lo contrario, nos desplumarían de un guadañazo, os lo aseguro.

El león, la liebre y el ciervo

Una vez, un león hambriento se encontró a una liebre que dormía tranquilamente en su madriguera.

–¡Qué liebre tan grande! ¡Menuda suerte la mía! –se dijo el león.

Se disponía a zampársela, cuando, de pronto, vio pasar a un ciervo no lejos de allí. Con muy buen criterio, se le ocurrió que el ciervo sería una merienda más abundante que la liebre y se fue a perseguirlo.

Sin embargo, el ciervo era joven y veloz y estaba entrenadísimo para la carrera. Al ver que la terrible fiera iba tras él, pensó que su única escapatoria era huir a la velocidad del rayo y, en efecto, echó a correr con toda su energía cerval, de forma que, después de una carrera alucinante, consiguió sacar un gran trecho de ventaja a su perseguidor, se refugió en un bosque muy frondoso y, de ese modo, se salvó.

Al ver que el ciervo se le había escapado sin remedio, el hambriento león volvió sobre sus pasos a toda prisa pensando en la liebre dormida, que era presa más fácil y seguro que también estaba muy rica.

«¡En fin! Habrá que conformarse con menos», pensó para sus adentros, «pero, al menos, comeré algo.»

Como es lógico, con el jaleo de las carreras, la liebre se había despertado y había salido pitando en otra dirección. ¡A ver quién la atrapaba ahora!

Y eso le pasó al león hambriento, que, al dejar una cosa segura por otra que le pareció mejor, se quedó a verlas venir. Más le habría valido aplicar el famoso refrán de más vale pájaro en mano que ciento volando o, en este caso, más vale liebre segura que ciervo corriendo.

La zorra y la alondra terrera

La alondra terrera es un pájaro que se llama así porque tiene la costumbre de anidar y buscar su alimento en tierra y, por lo tanto, no suele posarse en las ramas de los árboles.

Sin embargo, una vez, una terrera que correteaba por un prado, al ver acercarse a una zorra con cara de mala intención, sin pensarlo dos veces, levantó el vuelo y se posó en una rama de una encina que había cerca de allí.

La zorra, que ciertamente se acercaba con intenciones depredadoras, porque hacía muchas horas que no probaba bocado, fue hasta el pie de la encina y, con la voz más dulce que pudo, le dijo a la terrera:

–Querido pajarito, amigo mío, te deseo un buen día con todo mi corazón, pero ¿por qué te has escapado tan deprisa? No me tendrás miedo, ¿verdad?

–El miedo guarda la viña –respondió la terrera–, y tú me das más miedo que vergüenza.

–Pero ¿qué daño podría hacerte yo, pobrecita de mí? –siguió diciendo la hipócrita zorra–. ¿No ves que ya he comido de sobra? ¡Si en estos contornos se encuentra de todo! Conejitos, ardillas, lirones, topos, ranas, escarabajos, lagartijas… ¡De todo! Nunca falta comida. Además, yo jamás le haría nada a un pajarito como tú, que tan buena fama tiene por sus buenos modales, su esmerada educación y su amabilidad. ¡Baja, no tengas miedo! Pasemos un rato en compañía, charlando un poco.

–Reconozco que se te da muy bien la oratoria –dijo la terrera–, pero me dices todas esas cosas porque estoy aquí arriba. Si bajase al suelo, me dirías otras muy distintas, conque pasa de largo, porque, mientras te vea por ahí, yo no bajo ni en sueños.

Los dos conejos

Un día, por el brezal del Quinto Pino pasaba zumbando un conejo; iba a tal velocidad que, en vez de correr, parecía que volase. Claro está que tenía buenos motivos, porque lo perseguía un par de perros con unas intenciones más claras que el agua de la fuente del Oso, que tiene mucha fama de cristalina.

En esto, otro conejo que estaba escondido entre unas zarzas, al verlo pasar como una exhalación, lo detuvo y le dijo:

–¡Oye, colega! ¿Dónde vas, que tanta prisa llevas? ¿Te pasa algo?

–¡Ya lo creo! –replicó el fugitivo–. Me persiguen rabiosamente dos perros, dos conejeros jóvenes. ¡Si te parece poco...!

El conejo de las zarzas miró hacia donde indicaba su congénere y añadió:

–Cierto, ahí los veo. Vienen con la lengua fuera, pero te aseguro que de jóvenes, nada.

–¡Cómo que de jóvenes, nada!

–Pues eso, que, por la forma de correr, deben de ser más viejos que mi tatarabuelo.

–¡Mira éste! ¡Claro, se conoce que no te persiguen a ti!

–Que te persigan a ti o a mí es lo de menos; no hay más que verlos: esos dos perros están ya en la tercera edad y, además, no son conejeros.

–¿Ah, no? ¿Ni jóvenes ni conejeros?

–No. Ni lo uno ni lo otro.

–Entonces ¿qué son?

–Viejos y perdigueros. Se ve a la legua, ¿no?

–¡Tú no ves tres en un burro! ¡Ya te digo yo que son jóvenes, sin ninguna duda, y conejeros de pura raza!

–A lo mejor eres tú el que tiene que ir al oculista y hacerse unas gafas para la miopía.

No hay nada que consiga hacernos perder de vista la realidad como una discusión acalorada. Tan enzarzados estaban los dos conejos en la suya, que no advirtieron la llegada de los perros, ya fueran jóvenes o viejos, conejeros o perdigueros, y, naturalmente, los canes les dieron caza y se los merendaron allí mismo. ¡A conejo por cabeza les tocó!

El oso, la mona y el cerdo

Érase una vez un oso que llevaba muchos años ganándose la vida bailando en las plazas de los pueblos y ciudades, sobre todo los días en que se celebraba algo o había fiesta mayor. Sus amos tocaban el tambor, le hacían dar unos pasos de aquí para allá y enseguida pasaban la gorra entre el público para que la llenasen de monedas.

Así fue como el animal llegó a creer firmemente que era un gran bailarín muy admirado por los espectadores más exigentes y entendidos en la materia.

Un día tuvo ocasión de lucir su arte ante una mona y un cerdo. Se movió tan ágilmente como le permitía su gran corpachón y se marcó unos pasos de danza a su estilo osuno. A continuación, muy ilusionado, se acercó a pedirles su opinión.

–¿Qué le ha parecido a usted? –preguntó a la mona en primer lugar–. ¿Le ha gustado mi estilo?

–Sinceramente, sólo puedo decirle que no me ha gustado ni pizca –respondió la mona–. Mire, voy a decirle la verdad: me parece que no se puede hacer peor y que no tiene ni idea de lo que es bailar.

¡Qué decepción se llevó el pobre oso con esa respuesta tan sincera y negativa!

–¿Y a usted? –preguntó después al cerdo–. ¿Tampoco le ha gustado nada?

–Ah, pues, a mí sí que me ha gustado, ¡y mucho! –contestó el cerdo, entusiasmadísimo–. Me parece usted un gran bailarín, un bailarín de primera categoría.

El oso se quedó con una cara más larga que una semana sin pan, sin vino y sin miel para el camino.

–¡Ay! Ahora sí que estoy seguro de que lo hago fatal. ¡Tengo tanto de bailarín como de violinista! La opinión de la mona me ha convencido, pero lo que ha dicho el cerdo ha sido definitivo.

La zorra y el tambor

Una vez, una zorra que hacía no sé cuántas horas que no hincaba el diente a nada, porque corrían malos tiempos y había mucha escasez, merodeaba por una alameda umbría cuando vio un tambor colgado de una rama. No se sabe de quién era, pero seguro que lo habían dejado allí para ir a buscarlo más tarde.

Era la hora del viento marero, que llega puntualmente todos los días y alborota las cañas de los cañaverales y las copas de los álamos, los sauces, los chopos y los alisos que crecen a la orilla de los ríos y rieras. Al soplar, agitó las ramas del álamo en el que estaba el tambor, y éstas percutieron como baquetas sobre el instrumento y le arrancaron una serie de sonidos alargados y profundos.

El sonido llamó la atención a la zorra y la hizo detenerse. Miró el instrumento y, como le pareció un odre o un pellejo de los que se llenan de cosas de comer, pensó que, seguramente, dentro habría algo aprovechable, quizá carne en conserva o, tal vez, fruta confitada, y que, por tanto, valía la pena intentar atraparlo.

Con ese propósito, dio un salto, golpeó el tambor con el hocico y lo hizo caer al suelo. A continuación, rasgó el tenso parche de piel con los dientes, para ver lo que había dentro, pero..., ¡qué amarga desilusión! ¡No había nada más que aire!

Ni carne en conserva ni fruta confitada, el tambor estaba completamente vacío.

–Ahora que lo pienso, no me extraña –reflexionó–. Bien lo dice el dicho: mucho ruido y pocas nueces, o sea, que quien mucho habla, poco piensa. Y por no pensar, volvemos a tropezar con la misma piedra.

Sin más tiempo que perder, se marchó de allí a paso ligero, a ver si encontraba algo menos ruidoso y más sustancioso.

El toro y el mosquito

Era pleno verano y el sol derretía hasta las piedras.

Agobiado de calor, un toro de cuernos pavorosos se bañaba en una poza de un riachuelo cuya agua estaba un poco fresca, aunque no mucho.

En éstas, pasó un mosquito trompetero, de los que no vuelan muy deprisa, pero molestan mucho y, en verano, nunca faltan allí donde haya agua más o menos estancada. Vio al toro, se posó en uno de los cuernos y, con su desagradable voz de trompeta de una sola nota, dijo al cornúpeta, más o menos:

–Con su permiso, honorable señor, me tomo la libertad de descansar un momento en la punta de su cuerno de usted. ¿Verdad que ahora sopla una brisilla suave y vivificante, la mar de agradable? Por otra parte, su cuerno es, sin la menor duda, un sitio ideal para tomar el fresco, no se puede negar.

El insecto se calló un momento y luego siguió con su monólogo.

–Sin embargo, por nada del mundo quisiera causarle molestias. No me gusta molestar a nadie, la verdad. Si le parece que peso demasiado y que no puede conmigo, o si tiene que marcharse y le parece que sería mucha carga para usted, no tiene más que decírmelo, porque levantaré el vuelo enseguida y le libraré de mí.

Entonces, el toro contestó lo siguiente:

–A decir verdad, ni me había enterado de que te habías posado en uno de mis cuernos, conque haz lo que te plazca, porque te aseguro que, de no ser por esa trompeta chillona que tienes, nunca habría sabido que estabas ahí..., ni que existías, siquiera.

¡Cuánta gente insignificante hay por el mundo que lo único que pretende es llamar la atención!

El mulo y sus antepasados

Un canónigo catedralicio tenía un mulo que estaba muy orgulloso de sus antepasados. Siempre hablaba de su madre, una espléndida y lustrosa yegua de pura raza que era la joya de los establos de un famosísimo marqués, que, a su vez no perdía ocasión de exhibir a la noble hembra ante sus amistades, personas todas muy finas y distinguidas donde las hubiese.

–Y hasta le ponía arreos de oro y todo, para que luciese más –añadía el mulo.

Al mulo le parecía que ser la montura de un canónigo, hombre considerado y respetado en toda la ciudad y su comarca, convenía a su noble linaje.

–Un canónigo siempre es un canónigo –solía decir con orgullo–. No es lo mismo que un rector, que tanto abundan, ni que un médico o un notario, o un abogado picapleitos o un humilde maestro de escuela. ¡Ah, no! ¡Todavía hay diferencias!

Sin embargo, sucedió lo que tarde o temprano ha de sucedernos a todos: que el mulo se hizo viejo y, muy a su pesar, ya no podía prestar servicio al eminente canónigo catedralicio.

Con todo, puesto que debía seguir ganándose el pienso,

lo destinaron a la noria que sacaba agua del pozo y, así, el pobre se pasaba todo el santo día dando vueltas alrededor del mismo sitio. Entonces fue cuando recordó un detalle que se le había olvidado: que su padre era un burro.

El perro y la pierna de cabrito

Hubo una vez un perro que, aprovechando un descuido de la cocinera, se apropió de una pierna de cabrito y fue a buscar un sitio donde poder comérsela sin que nadie lo molestase.

Con el botín en la boca, echó a correr por un sendero que seguía la orilla de un río fresco y cristalino; al acercarse al agua, vio reflejada la pierna en la superficie y creyó que era otra distinta. Entonces, el muy tragaldabas, pensando que dos trozos valían más que uno solo, soltó el que llevaba bien agarrado entre los dientes y se dispuso a atrapar el del reflejo desde la orilla. En mala hora se le ocurrió semejante tontería, porque, irremediablemente, perdió la comida que tenía asegurada y se cayó al río. Además, le costó muchísimo volver a ganar la orilla, ¡y gracias, porque, al menos, no murió ahogado!

Aunque parezca increíble, lo cierto es que son muchos los que pierden lo que tienen seguro por cosas inciertas y quiméricas, ilusorias o inasequibles y, al final, se quedan sin nada.

Y colorín colorado,
este libro se ha acabado.

Títulos de la colección

Mis cuentos preferidos de los hermanos Grimm

·

Mis cuentos preferidos de Hans Christian Andersen

·

La Odisea

·

El libro de las fábulas

·